大変、申し訳ありませんでした

保坂祐希

講談社
タイガ

カバーイラスト――朝野ペコ
カバーデザイン――岡本歌織（next door design）

大変、申し訳ありませんでした

プロローグ

『謝って済まされることではないんですよ』

まどろみの中、遠くの方で凛《りん》とした女の人の声が聞こえた。

目蓋《まぶた》に感じる朝の光。もうカーテンの向こうは明るいようだ。

『あーた、よぅく考えてごらんなさい』

私は毛布にくるまったまま声のする方に寝返りを打ち、寝ぼけ眼《まなこ》を薄く開いた。

まだぼんやりしている視界に入ったのは昨夜《ゆうべ》つけっぱなしのまま寝落ちしてしまったテレビの画面。そこに映っているのは栗色《くりいろ》の髪をふんわりと結い上げ、ビビッドなローズ系の口紅が今日もきまってる六十代のセレブタレント。

――タビ夫人だ……。

ルックスはとても上品。なのに、歯に衣着せぬ発言で人気があるどこかの国の元大統領夫人。タビ夫人はバラエティー番組に引っ張りだこのコメンテーターだ。

『つまりね、賞味期限が過ぎた卵で作った出し巻き卵を、あーたの大切な子供さんのお弁当に入れますか、っていうの。つまり、そういうことですよ』

つまりどういうことなのか、さっぱりわからない。ただ、無性に出し巻き卵が食べたくなって、思わずベッドの上に半身を起こす。

「お腹《なか》空いた」

ひとり呟《つぶや》いてガシガシ掻《か》いた後頭部の髪が寝ぐせでぼさぼさだった。

思えば、昨日は夕飯を食べてない。

夜遅くまでヘビーな雑用に追い回された記憶が甦《よみがえ》った。

朝から事務所でコピーして、手書きの議事録をタイプして、プリントアウトして製本して、応接室にお茶を運んでから、またコピーして……。全ての雑用が終わったのは夜の十一時を回った頃だ。終電で帰宅し、いつもの習慣で、すぐに部屋のテレビのスイッチを入れたところまでは覚えている。けれど、その後の記憶は曖昧《あいまい》だ。

——とにかく、何か食べよう。

空腹に突き動かされてベッドを降り、ヨタヨタと狭いキッチンへ入った。残念ながら冷蔵庫は空っぽ。出し巻きが作れる卵もない。

仕方なく、コンロの脇《わき》に置いたカラーボックスの中の食料品を漁《あさ》る。

高野豆腐にワカメ、かつお節に海苔《のり》に昆布、そしてまた高野豆腐……。単品では食べにくいものや、水で戻して何かしらの調理をしなければ食べられない食材のオンパレードだ。そんな中……。

「ああ！　あった！　まだカップラーメンが残ってた！　やった！」

遺跡発掘チームが希少な土器を見つけたぐらいの歓喜が込み上げてきて小躍りする間も、テレビではセレブ夫人が『あーた、あーた』と誰かに詰め寄っているのが聞こえる。

『賞味期限が三日も過ぎた食材を使ったお料理をお客様に出すっていうことはね、店がお客様をナメてるってことなんですよ！』

「え？　賞味期限？」

夫人の強い口調にドキリとし、手にしたばかりのカップラーメンの底を見た。

「ヤバ。三日どころか一週間も過ぎてるんだけど……」

カップ麺《めん》って意外と賞味期限短いんだよね、と愚痴《ぐち》を洩《も》らしながらも、迷わず開封して即席麺の上にポットのお湯を注ぐ。

──背に腹は代えられぬ。一週間ぐらいナンクルナイサー。

何しろ初任給までの残り一週間を、あと五千円で乗り切らなくてはならないのだ。

しっかりと印字されていた賞味期限は見なかったことにして、三分待ちとなったカップ麺をテレビの前のちゃぶ台に置いた。

『つまりこれはね、老舗《しにせ》料亭がお客様をないがしろにしている確たる証拠なんですよ！』

画面いっぱいに映ったセレブ夫人の存在感と圧がもの凄《すご》い。もう他のコメンテーターの顔なんて一秒たりとも映りゃしない。

老舗料亭？　賞味期限切れ？

卒論に引っ越しに入社式。そして初めての職場。この半年間、とにかく忙しくて世間の出来事にすっかり疎《うと》くなっている。そんな自分を反省しながらスマホを手に取り、検索してみた。

『料亭』と『賞味期限切れ』というふたつの検索ワードだけで、ずらりと並んだネットニュースの中からひとつ選んで開いてみる。

「これかな？」

その記事によれば、事件が発覚したのは約一ヵ月前のことらしい。

「兼六園《けんろくえん》にほど近い閑静な街の一角に佇《たたず》む老舗料亭『嘉津乃《かつの》』が機内食として提供する松花堂弁当の一部に、料亭での食べ残しや賞味期限切れの食材が使われていたことが、写真週刊誌フライデーの記事によって明らかになった……か」

読み上げながら「へええ、そんなことが……」と驚く。

賞味期限切れは食品の劣化度合いによるけれど、他人の食べ残しは絶対に嫌だな。

「問題の松花堂弁当は日本最大手の航空会社、日本エアストリームの国際線ビジネスクラスの目玉としても採用されており、食材選びから調理、盛り付けまでを料亭嘉津乃が監修。空の上で高級料亭の本格的な味が楽しめると好評を博していた……か」

記事をそこまで読んで思い出した。

「ああ！　あの航空会社のＣＭだ！　あれは面白かったな」

機内でしゃなりしゃなりとミールトレイを配っている外国人ＣＡが、しかめっ面をして本を読んでいる老人に声をかける。

『ビーフ？　オア、チキン？　オア、ショーカドー？』

すると、苦虫を嚙《か》み潰《つぶ》したような顔をしていた老人が破顔一笑、

『ショーカドー？　イエース、アイ、ライク、ショーカドー！』

と親指を立てて答える。

それを合図に乗客乗員が一斉に機内で「ショーカドー」「ショーカドー」と連呼しながら腰を振って踊りまくるという奇天烈《きてれつ》なフラッシュモブ風ＣＭが一世を風靡《ふうび》した。

このショーカドーダンスは日本だけでなく世界中の子供たちが真似《まね》して、ＳＮＳに動画をアップしている。

そんなこんなでコマーシャルに使われている楽曲『イイネ・ショーカドー』がまさかのビルボードトップテン入りを果たしたことは記憶に新しい。

「世界中の注目を集めた矢先にこの不祥事は痛いよね……」

とは言え、私は国際線に乗ったこともなければ、高級料亭の松花堂弁当を食べたこともない。そんな遠い世界の不祥事よりも貴重なカップ麵のできあがりまであと一分。

食欲から意識を逸《そ》らしつつ再びテレビ画面を眺《なが》める。

『そうですよねえ。機内食とは言え、加賀藩御用達《ごようたし》、世界的レストランガイドも認める三つ星料亭、嘉津乃の松花堂弁当ですからねえ』

司会の男性アナウンサーが眉間《みけん》に皺《しわ》を寄せ、セレブ夫人の怒りに同調する。

「でも、いいなあ。飛行機の中で老舗料亭の松花堂弁当かあ。行き先は海が綺麗《きれい》な南国のビーチがいいな」

という豪勢な妄想はひとまず置いといて、ちゃぶ台の上のカップ麺の蓋《ふた》を開け、絶妙な固さにできあがった麺をフォークですくって啜《すす》る。

「う・まーっ！」

賞味期限切れをものともしない安定の味に感動しながら上目遣いに画面を見つめた。このワイドショーにレギュラー出演している、お笑い芸人の姿を見逃さないためだ。

「いたー！　門田《もんでん》ちゃんだー！」

小さなボックスが並ぶコメンテーター席の右端《みぎはし》、子ネズミみたいに可愛《かわい》い前歯を光らせているのがピン芸人の門田久光《ひさみつ》、その人だ。

本人はとても小柄《こがら》で痩《や》せていて、控え目に言ってもかなり貧相なのに、自分のことをイギリスの王侯貴族のひとりだと言い張るハッタリネタがウケている。

「門田ちゃん、がんばって～！　爆笑コメントで番組に爪痕《つめあと》残してね～！」

私はテレビの前で手を振り、全力で声援を送る。しかし、門田ちゃんはどこか落ち着かない様子で目をキョトキョトと左右に泳がせていた。ドラマの中の犯罪者みたいに。

とその時、番組の司会者がまた眉間に皺を寄せ、

『あ！　いよいよ嘉津乃の社長と女将《おかみ》による謝罪会見が始まるようです！』

と、早口で言った。

へぇえ。ワイドショーの中で謝罪会見のライブ中継なんてやるんだ、と意外な展開に前のめり。それだけ世間が注目しているということなんだろう。

スタジオを映していた画面がホテルかどこかのホールらしき広い会場に切り替わった。大物芸能人の離婚会見みたいに沢山の記者が詰めかけている。

「ふうん。さすが江戸時代から続く老舗料亭の不祥事ね……」

こんなに沢山のカメラやレポーターが集まるほど世間が関心を寄せてる事件なのだと私も固唾《かたず》をのんで画面を見つめる。

——そう言えば、こんな風に謝罪会見を冒頭から見るなんて初めてだな。

今まではニュースやワイドショー番組の中で抜粋された部分をチラッと見るぐらいだった。

その時、スマホの画面も動いた。今、テレビに映っている会見場の様子がウェブでもライブ配信されている。その画面の上部には投稿されたコメントがひっきりなしに現れ、流

れていく。
《ダメでしょ、嘉津乃さ〜ん》
《客の食べ残しや賞味期限切れの食材使うってことは金儲《かねもう》けに走ってるってことですもんね。金沢市民として何だか失望しました》
《機内食だからナメてたのかな？》
《これじゃあみんな機内で松花堂は選ばないようになるよね？　せっかく空港内に厨房《ちゅうぼう》まで作ったのに、設備投資は回収できないだろうね。ご愁傷様》
否定的なコメントが多い。私自身も、まあ、そう言われても仕方ないよね、とネットの意見に同調して溜《た》め息《いき》をつく。
『あ、たった今、会場に嘉津乃の女将と社長が姿を現しました！』
スタジオの司会者が声を上げる。画面にはふたりの人物が会場入りする様子が映し出された。会場では絶え間なくフラッシュが焚《た》かれている。
『このたびは御迷惑と御心配をおかけして、大変、申《もう》し訳《わけ》ございませんでした』
ぴったりと声を合わせ、深々と頭を下げた女将と社長。
女将は桜の模様をあしらった薄紅色の着物を身にまとい、アップにまとめた艶《つや》やかな髪に飴色《あめいろ》のかんざしを挿している。
「うわあ、嘉津乃の女将って、すっごく綺麗……」

大女優みたいなオーラと気品。同性ながら見とれてしまった。が、女将の隣に立つ中年男性はぽっちゃりした体型を地味なスーツに包み、太い眉《まゆ》をへの字に下げて背中を丸めている。

うーん……。何だか対照的だ。

『どうぞ、ご着席ください』

進行役の指示でふたりは白布が掛かったテーブルの向こうに着席した。

ネット情報によれば、女将は先代社長の一人娘である勝村美津子《かつむらみつこ》六十三歳。隣に座っているのが彼女のひとり息子で現社長の勝村弘明《ひろあき》、四十歳らしい。

――へえ。このふたり親子なんだ……。女将、四十の子供がいるようには見えないな。

感心しているうちに会見が始まり、キー局のレポーターから質問が飛んだ。

『東亜《とうあ》テレビです。今回、食べ残しや賞味期限の切れた食材を機内食に流用することを許可したのは社長ですか?』

『えっと、それはですね……』

着席してすぐの質問に弘明社長が答えようとして、前に置かれているマイクに向かって身を乗り出した。けれど、彼が言葉を発する前に女将の美津子がマイクを自分の方に向け、口を開く。

『この件に関する決定権は社長にはありません』

と断言して質問者を見据える。その目許《めもと》はきりりとしていて、まるで極道の妻のような迫力だ。

『寛永《かんえい》元年の創業以来、料理のことはすべて板場に任せるのが嘉津乃のしきたりですから』

眉ひとつ動かさない毅然《きぜん》とした態度がひたすらカッコよくて見入ってしまう。けれど、反省の色は全く見えてこない。老舗の看板の上に胡坐《あぐら》をかいてるのが透けて見え、何だか感じが悪い。

今度は別の記者が手を挙げた。

『週刊凡春《ぼんしゅん》ですが』

出た！　凡春だ。週刊凡春はメジャーな写真週刊誌で、あらゆる方面のスキャンダルをどこよりも早くスクープするのを得意としている。芸能人からは凡春砲などと呼ばれ怖《おそ》れられていた。

『それはつまり、板場が独断でやったことで、社長には責任がないということですか？』

凡春の記者に鋭く斬《き》りこまれ、

『そ、それはですね……』

と、額の汗を拭《ふ》きながらも再び答えかけた弘明社長の前から魔法のようにマイクが消えた。

あれ？　マイクどこ行った？　と私が思っているうちに、また女将の美津子が口を開く。

『そうは言っておりません！』

置き型のマイクを握った女将がピシャリと断言したところを見ると、どうやら彼女が目にも止まらぬ速さで弘明社長の前から奪い取ったらしい。

『嘉津乃では約四百年もの間、店主と板場との間に深い信頼関係があったと申し上げているだけです』

『ですが、誰の指示もなしに、板場のスタッフが不適切な食材を松花堂弁当に使うなんてことがあり得るんでしょうか？　それなりの地位にある人間が、不適切な食材の使用を指示したんじゃないですか？』

さすが凡春、追及の手を緩《ゆる》めない。

『それは申し上げられません。ですが、現在の板場でなくては嘉津乃の味は守れないということも御理解ください』

申し上げられません、と言いながらも、何だかもう『犯人は板場の偉い人、つまり板長だ』と言ったも同然のような気がする。それでも女将はその責任の所在を明確にしようとしない。変な感じだ。

『今後、板場で扱う食品については、私自らが目を光らせ、これからも一層精進してまいります』

『は？　嘉津乃は消費者の信頼を裏切ったんですよ？　この件で誰も責任を取らないんですか？　あなた、女将として、悪いことをしたと思ってないんですか？』

凡春の記者がさらに問い詰めた。私のモヤモヤを代弁するかのように。いいぞ、凡春、がんばれ。

『悪いと思っているから、最初に頭を下げたんじゃないですか』

確かに女将は冒頭で謝罪した。けれど、堂々としすぎていて、申し訳ございませんでした、という言葉もどこか空々しかったような気がする。

『つまり、謝罪はするけど、嘉津乃の体制を変えるつもりはないと？』

『ございません』

その女将の返答に記者たちの間から失笑が洩れ、じゃあいったい誰が責任とるんだよ、とブーイングのような声が上がる。そんな女将の尊大な態度を見ていて、私も何だか女将が嫌いになっていた。

——もっと、ちゃんと謝ってくれないと納得できないじゃん。料亭に行ったことも、飛行機に乗ったこともない部外者だけれども。

何となくのぞいたツイッターには、やっぱり私と同じような意見が並んでいた。

《こんな大騒動になっているのに、誰も責任を取らずに終わらせようなんて虫が良すぎる

気がします。女将はどういう了見なのでしょうか》

投稿の中にURLが貼《は》り付《つ》けられているツイートがあるのに気づいた。

アクセスしてみると、『金沢探訪　温故知新』と名付けられたフォロワー数の多いブログだった。

《嘉津乃さんは曾祖父《そうそふ》の代から慶弔の際に利用してきた料亭だけに、今回のことは残念でなりません。女将さんは金沢の高額納税者であるにもかかわらず、食べ残しの使い回しや賞味期限切れの食材を使用するような強欲さが露呈《ろてい》しました。後は衰退する一方でしょう》

という手厳しい記事が、パステルカラーで描かれた法事のイラストとともに掲載されていた。

——だよね？　口先では謝ってるけど、ぜんぜん反省してるように見えないもん。

皆が自分と同じ意見でホッとした。と、同時に、最初はカッコいいと思っていた女将が厚顔無恥で憎らしい人間に見えてくる。

会見場では記者による追及が続いていた。

『ブロードキャストニュース・WEBサーズデーの北条《ほうじょう》ですが』

大きな手が上がり、鼻の下にチョビ髭《ひげ》を生《は》やした男が深みのある声を発する。その名前からしてネットニュースのひとつなのだろう。

『女将。あなた、機内食だと思ってナメてたんじゃないんですか？　一歩間違えば太平洋上を飛んでる機内で食中毒が発生してたんですよ？』

北条という記者はインターネット配信という新しい報道形態の記者であるにもかかわらず、質問が終わるとメモを片手に鉛筆の芯《しん》を舐《な》めるというクラシカルなスタイルを見せている。そんな北条が放った質問に、女将は初めて忌々《いまいま》しげな表情を見せた。

そして、彼女が小声で『そんなド素人じゃあるまいし、板場だって完全に火は通してるに決まってるわ』と吐《は》き捨《す》てた音声を高性能マイクが拾った。

「言っちゃった！　最低！　火を通せば賞味期限切れでも食べ残しでもいいなんて！　こんな人が経営する料亭になんて絶対行きたくない！」

女将の口から洩れた本音に、思わずテレビの前で叫んでしまった。

会場も女将の失言にザワつき、と同時にカメラが会見場からスタジオに切り替わる。

目を丸くして口をあんぐりと開けているセレブ夫人の顔がドアップで映った。

『あーた、聞きました？　今の言葉。信じられませんわ！　あれが女将の本音なのよ！』

スタジオも騒然とし、ネットの意見もさらに過熱し始めた。

《加賀藩御用達が聞いて呆《あき》れます。幻滅です》

食を提供する仕事に携わる人間としてあるまじき行為だという意見が殺到し、それを読んだ私も、ウンウン、とひとりの部屋で同調する。

ネットの批判は止まらず、その矛先は社長である勝村弘明氏にも向けられ始める。

《嘉津乃の社長は四十歳にもなってまだ経営に参加してないようだ。社長なのに料亭を代表して謝罪もできないなんて、頼りないにもほどがある》

《究極のマザコン社長ｗｗｗ》

《サイアクだと思います。弘明氏は肩書きこそ社長となっていますが、発言権も統率力もゼロ。この息子で嘉津乃は大丈夫なのでしょうか？　母親が偉大すぎるのかもしれませんね。まあ、この調子では嘉津乃の復活はなさそうなので、これまで荒稼ぎした金で悠々自適の余生を送っちゃってください。もう嘉津乃に未来はない》

あーあ……。だから、こうなる前に女将だか板長だかが責任とればよかったのに。

ＳＮＳ上の悪評がピークを迎えた時、ＷＥＢサーズデーの北条が『あなたも社長なんだから何とか言いなさいよ！』と、ずっと喋《しゃべ》らせてもらえず、人の良さそうな丸顔に噴《ふ》き出《だ》す汗をハンカチで拭《ぬぐ》っていただけの弘明社長に詰め寄った。

「そうだ！　そうだ！　女将も社長もちゃんと謝って責任取れ！」

私はすっかりアンチ嘉津乃になっていた。

不意に、弘明社長が恐る恐る口を開いた。すると、慌てたように女将が、

『あ、あの……ですね……』

『おまえは喋らなくていいから！　今回の不祥事には関係ないんだから！』

と、発言を遮《さえぎ》った。すると、弘明社長が白布の掛けられているテーブルを両手でバン！と叩《たた》いた。マイクがジャンプするほどの強さで。

『もうやめてくれよ、お母ちゃん！』

弘明社長が初めて強い語気で声を上げた。

——お、お母ちゃん？

思わず心の中で聞き返していた。

『お母ちゃん。もう、僕を蚊帳《かや》の外にするのはやめてくれ』

『弘明……。おまえ……』

『お母ちゃんは老舗の暖簾《のれん》と常連さんの上に胡坐をかくのをやめるって決めて、航空会社のミール事業に参入したんだろ？』

『そ、それはそうだけど……』

弘明社長の発言は想定外だったのか、女将は急にオロオロし始めた。

『これまでずっと嘉津乃の聖域とされてきた板場にメスを入れる時なんだよ』

弘明社長が母親である女将をじっと見ている目許をテレビカメラがアップで映し出した。チワワみたいな無垢《むく》な瞳《ひとみ》をした社長が、女将に詰め寄る。

『お母ちゃんは知ってたんだろ？　板場が賞味期限切れの食材を使ってたことを。どうして、僕に教えてくれなかったんだよ』

『おまえには老舗の主人としての修業に集中してほしかったんだよ』

『けど、これはお客さんに対する冒瀆《ぼうとく》だよ。僕はもう黙っていられない。今回のことに関わった料理人は全員解雇させてもらうからね』

『何言ってるの、弘明！　板長がいなくなったら嘉津乃は終わりよ？』

この瞬間、やっぱり主犯は板長だったんだ、と確信した。いや、私だけでなく、全国の視聴者がそう思ったはず。

『今後は僕が自分の目でその日の仕入れと、すべての調理工程を確かめさせてもらうから』

老舗料亭の腐った体質を変えようとする弘明社長が清々《すがすが》しい。

『やめなさい！　経営者がそんなことしたら板場の空気が悪くなるでしょ！』

『その聖域が腐ってるんだよ！　経営者の管理が嫌だという板場の社員には辞めてもらう』

『ひ、弘明……』

ついに女将が絶句した。

『何もかも厨房の言いなりなんて。そんな信念のない料亭なら、いっそ潰れた方がいいんだ！』

『ばか！』

言いざま、女将が息子の頰《ほお》を叩いた。弘明社長は驚いたように頰を押さえ、女将を見つめている。

――え？　何、これ。ガチの親子ゲンカなの？　全国放送で公開親子ゲンカが勃発《ぼっぱつ》なの？

思わずテレビ画面の方へちゃぶ台を寄せる。

私はひどく興奮し、ドキドキしていた。着地点の見えない、筋書きのないドラマを見るような気持ちだ。

『お父さんが病気で亡くなって三十年、私がどんな思いでおまえを育てながら暖簾を守ってきたか……』

『それはわかってるよ。お母ちゃんには感謝もしてる。だけど、僕は信頼できない人間と一緒に仕事はできない。もう板長だけが店を仕切る時代じゃないんだ。板場中心じゃなくて、料亭の社員全員が一丸となって新しい店を創《つく》る時代なんだ』

弘明社長が立ち上がり、両手を広げるようにして語り始めた。外国企業の最高責任者のように。

『常連さんでにぎわう料亭は僕にとっても誇りだよ。だけど、新しいお客さんにも嘉津乃の味を知ってほしい。そのための松花堂弁当だったはずじゃないか。金沢が誇る最高の味を知ってもらいたい。その気持ちが嘉津乃の未来にもつながるんだよ。それなのに食材の経費をケチるなんて、有り得ないよ。お客様に本当に申し訳ないことをしたんだよ』

弘明社長がしっかりとカメラを見据え、自分の言葉を紡ぎ始める。意外にも説得力のある声に聞《き》き惚《ほ》れてしまう。

――すごい。何だろう、この気分……。

何だかワクワクしていた。謝罪会見によって世代交代が起きようとしている瞬間に立ち会っているような気分になって。

『今まで嘉津乃の暖簾を守ってくれたお母ちゃんには本当に感謝してる。だからこそ、これまで女将としての意見を尊重して黙ってた……けど……』

語尾が震えていた。

『けど、もう、嘉津乃には……板長もお母ちゃんも必要ないんだ！』

弘明社長が声を振り絞った。

泣きながら女将からの独立を宣言した弘明社長を見て、胸の奥がジーンと痺《しび》れた。

――うんうん、わかるよ、弘明。弘明だって、女手ひとつで育ててくれたお母ちゃんを傷つけたり悲しませたりしたくないはずだよね？　けど、お客様の信頼を裏切った落とし前が必要なんだよね？

目頭を熱くしてうなずく私の前で、彼は毅然と言い放った。

『次の取締役会で動議を提出し、嘉津乃の役員でもある女将と板長の退任を要求します。

そして、新生「嘉津乃」として、より美味《おい》しく、より安全な料理を追求することをここに御約束します』

男らしく宣言した弘明社長を再びフラッシュの嵐《あらし》が照らすのを見て、予期せぬ涙が頬を伝った。そして項垂《うなだ》れている女将を見て、わけもなく溜飲《りゅういん》が下がったような気がしている。

――これでいいのよ、これで……。弘明、サイコー！

すると、ツイッターにも、

《よく言った！ 弘明社長、がんばれ！ 女将を越えていけ！》

といった応援メッセージが増殖し始めている。

例の金沢ブログも《謝罪会見での弘明社長の決意に感動しました。金沢探訪は新生嘉津乃を応援します！》と表明。

「だよね！」

ネットの意見が自分の気持ちと同じだったことがひどく嬉《うれ》しい。難破した大型客船がボロボロになりながらも、何とか目的地に辿《たど》りついたのを見るような気分だ。

『最後に』

静かに前置きした弘明社長が、

『弊社の売上の三割を占めるミール事業ですが、安全な食材の確保と、皆さんのお許しを頂けるまで機内食の提供は自粛させていただきます』

と自らの判断で航空業界からの一時撤退を表明した。その頃にはスタジオのコメンテーターからも好意的な意見が出始めた。

『あーた、聞きましたか？　この方、……勝村弘明さん？　嘉津乃さんの新しい経営者に相応《ふさわ》しい人だと思いませんか？　あたくしは行きますよ、生まれ変わった嘉津乃さんへ』

ずっと険《けわ》しい顔をしていたセレブ夫人の眉間の皺もほどけ、今や満面の笑みで弘明社長に拍手を送っている。私もテレビの前で一緒になって手を叩いていた。

――何だろう、この一体感。

謝罪会見の会場にいる記者たち、スタジオにいるタレント、SNSに意見を投稿している人たち。その全員と気持ちがつながっているような気がして鳥肌がたった。地球に迫る巨大隕石《いんせき》の爆破ミッションに成功したNASAの一員になったような高揚《こうよう》感だ。

――何だかすごく感動したし、スッキリしちゃった。

余韻に浸っているうちに再びカメラがスタジオから会見場に切り替わった。会場を後にする女将と弘明社長の後ろ姿を捉《とら》えている。入ってきた時とは逆に女将は俯《うつむ》き加減で、弘明社長は胸を張って去っていく。

『以上、料亭嘉津乃の謝罪会見場からお伝えしました。スタジオにお返ししまーす！』

中継を締めくくるワイドショーのレポーターの背後に、店じまいを始める記者席が映っている。

――いやあ、いい会見だったなあ。

私は鼻をグズグズ言わせながら、何だかまだテレビから目を離せないでいた。

――おや？

その時ふと、ひとりの男に目が留まった。レポーターや記者たちの背後にひっそりと座っている。四十歳前後だろうか。黒縁の眼鏡《めがね》をかけ、葬式帰りのような漆黒のスーツを着ているその男はカメラもマイクも持っていない。

――何者？　記者にも、会場スタッフにも見えないんだけど。

会場の後方に座っていたその男はやおら立ち上がり、耳からイヤホンを外した。やたら上背がある。ぱっと見はSPみたいだ。その男は手にしていたトランシーバーだかインカムだかに見える物体をポケットにしまいながら会場の出入り口へ向かった。他の記者たちに紛《まぎ》れるようにして。

その姿に何となく気を取られているうちに、画面はスタジオに戻り、話題も次のテーマに移った。

『大手プロダクション田部《たべ》プロダクションの社長がバカンス中のハワイで名物のマヒマヒを食べて食中毒になり、ホノルルの病院に緊急入院したというニュースが飛びこんできました』

さすがにどうでもいい。

やっと自分がラーメンを食べようとしていたことを思い出した。

「あ……」

カップの中の麵が汁を吸ってふやけ、貴重なラーメンは完全に伸びていた。

第1章

1

「光希《みつき》ちゃーん！　コピー、まだぁ？」

「はーい！　今、やってまーす！」

月曜日のオフィスは戦場だ。

九時の始業からずっとポンコツ複合機を騙《だま》し騙し、大量の会議資料をコピーしているのだけれど、

「篠原《しのはら》さーん！　ごめーん、応接室にお茶四つ、よろしく〜」

と、今度は横から別の用事が割りこんでくる。

「は、はーい！　ただ今！」

お客さんに出すお茶を待たせるわけにもいかない。

しかし、年代物の複合機にはワンタッチで五十五ページ三十部もの資料を魔法のように作り上げるような機能もない。

私は仕方なくボールペンで自分の手の甲にこれまでコピーしたページと枚数を書き、しぶしぶ機械の前を離れる。

「お。光希ちゃん。ちょうどよかった。後でええから、ビルの管理人さんに廊下の蛍光灯とり替えるよう言うといてくれへん？　なる早で」

「はーい。言っときます。後で、なる早で」

こうして他の雑用に邪魔され、何度コピーを中断させられたかわからない。

――リースでいいからソート機能のある複合機、入れてほしいなあ。でも、うちの社長、相当なケチらしいからな……。

私はこの春、トップダウンで節約をモットーにしているここ『ジャングル興業株式会社』に入社した。所属するお笑いタレント数では日本で十番目という中堅の芸能事務所だ。本社は大阪の梅田にあるが、仕事の半分以上はここ、新宿御苑《しんじゅくぎょえん》近くにある東京支社で回されている。私が配属されたのはこの東京支社の広報部だ。

広報部は所属タレントが出演するCMやポスター撮影、テレビの収録や雑誌の取材などに同行することもある部署だ。もちろん、私のような新人には、まだそんなチャンスは巡ってこない。今のところ任せてもらえる仕事はコピーにお茶くみ、資料のタイピング業務ぐらいだ。

「光希ちゃん。管理人室に行った後でいいから、下のコンビニで焼きそばパンとパックの牛乳、買ってきてよ。牛乳は百二十円のヤツね」

給湯室に向かおうとした私に、さっき蛍光灯を替えてほしい、と頼んだ先輩がまた声を掛けてきた。

「はーい。なる早の後で行きます！」

その様子をチラチラ見ていた一年先輩の女性社員が私に近寄ってきて、

「篠原さんって、よく文句も言わずに次から次に雑用を引き受けるよね」

と本気で呆れたような顔で言う。

「え？　だって、頼られると嬉しいじゃないですか」

「頼られる？　ただ、雑用を押し付けられてるだけじゃないの！　アイツら感謝なんてしてないんだよ？　引き受けてくれてラッキー、ってぐらいなものなんだから」

なぜか先輩は怒っているようだ。

「そうかもしれませんけど……。私、人のために何かするのって好きなんですよ。けど、私にできることもまだ少ないですし、雑用でも何でもいいかなー、って。別に感謝とかされなくても……」

「え？　それ、本気で言ってんの？　建て前とかじゃなくて？」

「は？　建て前？」

キョトンとする私を見て、先輩はなぜか憐《あわ》れむような顔になって、

「ごめん。理解できないわ」

と首を振って私から離れていった。

――私って、おかしいのかな？

首を傾《かし》げながら廊下に出たところで、

「君！　そこの君や、ちょっと！　君を探してたんや！」

と今度はしわがれた低い声に呼び止められた。

――どうしよ……。さすがにこれ以上の雑用を引き受けたら、昼休みを返上しても午後イチの会議に使う資料が間に合わなくなっちゃう……。

戸惑いながらも「はい」と笑顔を作って振り返ると、目の前にこの会社の代表、荒田降《あらたこう》太《た》が立っていた。

思わず、ヒッと喉《のど》の奥に空気を引きこむような、声にならない音が口から洩れた。悲鳴を上げそうになっている理由は、荒田社長の顔が任俠《にんきょう》映画に出演していてもおかしくないぐらいのド迫力で、間近で見るとめちゃくちゃ怖いからだ。

「し、社長……」

膝《ひざ》が震える。生まれたての小鹿《こじか》のように。この顔を見て、新しい複合機購入の直訴なん

てできようはずもない。

「は、はわわ……」

ルックスだけで相手をビビらせる、別名、お笑い業界の顔面凶器とも呼ばれる荒田社長を前にして無意識のうちに後ずさっていた。

「な、な、な……、何か御用でしょうか？」

恐る恐る尋《たず》ねると、社長の方から呼び止めておきながら、

「えっと、君の名前は……」

と私の顔をまじまじと見ながら首を傾げる。

「中川君《なかがわ》……。いや田宮君《たみや》か……。ちゃうな、そうや、山田君《やまだ》や！　そやろッ？」

ドヤ顔で確認された。が、残念ながら、どの苗字《みょうじ》も一文字もかすってない。

「私は篠原です。篠原光希。この四月にジャングル興業に入社しました」

「そう、それや！　名前はよう憶《おぼ》えてへんかったけど、ワシは君を知ってるねん」

「は？」

意味がわからない。けれど、荒田社長はわけのわからないことを言って、満足そうに笑っている。得体が知れない。ますます恐怖心を煽《あお》られた。

「篠原光希。君に頼みがあるねん」

獲物を見つけたような社長の目つきに戦慄《せんりつ》した。

――な、何だろう。雑用なら何でも引き受けるけど、薬の売人とかスナイパーとかはさすがに無理だ。

そんな黒い妄想をさせるような風貌《ふうぼう》を目の前にして、「な、な、な、何でしょうか」と震えながら尋ねる。

「君、口は堅い方か？　これは秘密を守れる社員にしか頼まれへんことや」

――やっぱり……！

いよいよヤバい依頼らしいと想像し、震える小鹿の足がさらに後ずさる。

「まあ、ええわ。とりあえず、社長室、来てくれるか？」

と、手首を摑《つか》まれ、引きずられるようにして廊下の突き当たりにある社長室に連れこまれた。

――きゃ～ッ!!　誰か助けて～！

強面《こわもて》の会社代表に拉致《らち》されるという緊張と恐怖に支配され、悲鳴を上げようにも声帯が凍《こお》り付いて声が出ない。

「さて、と」

私を社長室に引っ張りこんだ荒田社長は後ろ手にカチリと扉をロックした。密室で強面社長とふたりきりになってしまった。

「な、何を……。や、やめてください……。そ、それ以上近づいたら大声出しますよ」

ふらつく足が何かを踏みつけた。

「いてっ！」

「へ？　いて？」

悲鳴を聞いて振り返ると、マネージメント部の温見《ぬくみ》さんが、ぼやっと立っていた。社長室には既に温見さんがいたらしい。そして、その足をローファーのヒールで踏みつけてしまったようだ。

——な、なんだ……。ふたりっきりじゃなかったんだ。温見さん、存在感がなさすぎて気づかなかった。

温見さんは私の所属している広報部にもちょくちょく顔をのぞかせるので面識がある。当たりの柔らかい、人の良さそうなオジサンだ。けれど、気が弱く、いつも誰かに文句を言われている。この前は入ったばかりのバイトの人にスケジュールのミスを指摘されて、厳しく叱責されてたっけ。

その温見さんの横には『大江戸トランスポーター』というロゴと、サングラスをした飛脚のイラストが入った巨大な段ボール箱がひとつ置いてある。

——大江戸トランスポーター？　宅配便？

みかん箱四つ分はありそうな段ボールの大きさに驚いてマジマジと見ていると、箱の蓋がモゾモゾ動き始め、中から包帯を巻いた頭が飛び出してきた。

「きゃあぁっ！」

びっくりしてその場を飛び退《との》き、何もない床でつまずいて尻餅《しりもち》をついてしまった。が、よくよく見ると、段ボールから頭だけ出してあたりをキョロキョロ見回している男の人の顔には見覚えがある。

「も、門田ちゃ……じゃなくて、門田さん？」

さすがに人気タレント本人を目の前にすると、部屋のテレビを見ながら応援している時のように「ちゃん」づけで呼ぶことはできなかった。

門田ちゃんは室内に社長とマネージャー、そして私の三名しかいないことがわかったせいか、少しホッとしたような顔になる。そして、ゆっくりと箱の中で身を起こし、温見さんの手を借りながら段ボール箱から出てきた。マジックショーで瞬間移動した女性アシスタントみたいに。

だが、彼は頭に包帯を巻いているだけでなく、唇《くちびる》の端は紫色に腫《は》れ、温見さんから渡された松葉杖《まつばづえ》を使ってようやく立っているような状態だ。

「も、門田さん……。ひどい怪我《けが》……。いったいどうしたんですか……！」

ワイドショーの生放送ではどこか落ち着かない様子だったけれど、こんな大怪我はしていなかった。

「う、うん……。ちょっと、転んで……」

どこでどう「ちょっと」転んだら、こんな大変なことになるのか想像もつかない。

唖然《あぜん》としている私に、荒田社長が説明した。

「まあ、あんまり詳しいことは言われへんのやけど、門田が凡春砲にやられてん」

「は？」

あれって実際に大砲とか銃器による砲撃だったのか……。

「しゃ、社長。まさか、私に門田さんの仇《かたき》を討てとか、週刊凡春編集部に殴りこみに行ってこいとか、そういうことでしょうか？」

報復のための鉄砲玉《てっぽうだま》にされるのだろうかと身構えた時、社長が「ちゃうちゃう」と面倒くさそうな顔をして片手を振った。

「もうすぐ、門田のW不倫が週刊誌にスクープされるねん」

「え？　W不倫？　門田さん、あんな可愛い元アイドルの奥さんがいるのに？」

門田ちゃんの奥さんはアイドルユニット『隣り組103』の元センターヴォーカル、日向陽菜子《ひなたひなこ》だ。応募総数三万人の女子高生の中から書類審査や公開オーディションを経《へ》て選ばれた百三名のうちのひとり。しかもデビュー当時からずっとセンターポジション。門田ちゃんより一回り年下で、同性の私から見てもめちゃくちゃ愛くるしい女の子だ。

「せや、あないに可愛い嫁がおるのに、や。ほんまにゲスやで、コイツ」

と、荒田社長が門田ちゃんのお尻に膝蹴《げ》りを入れる。

聞けば、門田ちゃんは酔っぱらった人妻と一緒に彼女の自宅に上がりこみ、翌朝出てきたところを、いきなり車から飛び出してきた男にカメラで撮られたのだという。

「今朝、週刊凡春からジャングル興業宛《あ》てに掲載予告と写真が届いてのう。コイツ、一回や二回じゃのうて、旦那《だんな》の留守中に何回も女の自宅に入り浸っててん」

と言いざま、荒田社長が憎々しげに凡春のロゴが入った封筒ごと写真を私に突き付けた。その勢いにビクリとしながらも、受け取って目を落とす。

そこに映っていたのは、豪邸の入り口で驚いた顔をしている門田ちゃん。そして、門田ちゃんと仲良く手をつないでいるのは彼より二回りぐらい年上のふくよかな女性だ。写真はその一枚だけではなく、一緒に買い物をしているものや、レストランで食事をしているものもある。

──うわあ、この女の人、いかにもお金持ちっぽい。

高級そうな毛皮のコートを着た女性は、門田ちゃんと同じように口をあんぐりと開けている。

「うん？　あれ？　この顔、どっかで見たような……。え？　これって、格闘家の村井闘《むらいとう》也《や》の奥さんじゃないですか？　よく夫婦でテレビ出演してますよね？」

村井闘也の妻、村井栄子《えいこ》は料理研究家だ。ちゃきちゃきした下町のおばちゃんキャラで人気があり、私も彼女が出版した料理本を何冊か持っている。

てたっけ。

――確かレギュラーの料理番組も持ってて、ジャングル興業のタレントもゲスト出演し

「彼女の栄養学の知識と料理の腕前が闘也を格闘家として大成させたって言われてますよね」

「せや。その村井栄子や」

それでやっと彼が負傷している理由がわかったような気がした。

「門田さん。その怪我ってまさか……」

不倫相手の夫、格闘家の闘也にボコられたのに違いない。

だとしたら、これぐらいですんでラッキーだ。

何しろ、村井闘也はボクシングの元バンタム級チャンピオンにして、総合格闘技トーナメントS《エス》－1《ワン》の初代覇者なのだから。

「門田さん、その怪我、不倫を知った村井闘也にやられたんですよね?」

「い、いや、これは、ほんまに転んでしもて……」

明らかに何かを隠しているような態度だ。すかさず、荒田社長が、

「転んだぐらいでそないな大怪我するかいな。どう見てもプロの仕業やろ」

と鋭い疑惑の目で門田ちゃんを追いこむ。

「いえ、ほんまに。ほんまに転んだんですわ!」

門田ちゃんは顔を赤くして頑《かたく》なに言い張る。逆に怪しい。

「わかった、わかった。もう、ええわ。聞いたら、よけい面倒くさいことになりそうやし。ほんで、嫁はんの陽菜子は今どないしてんねん？」

なぜか犯人については深追いせず、荒田社長が話を変えた。すると、門田ちゃんは急に表情を曇らせ、「陽菜は……」と言いあぐねるように沈黙を作る。

が、しばらくして、彼は苦しそうな口調で「ずっと部屋に閉じこもって泣いてます」と打ち明けた。門田ちゃんは写真が雑誌に載ることがわかって、陽菜子ちゃんに不倫のことを打ち明けたのだという。

「他の人間の口から耳に入るよりマシやと思うて打ち明けたんですけど……」

陽菜子ちゃんはめちゃくちゃ怒った後、号泣し、口をきいてくれず、現在は完全に家庭内別居、修復不可能な状態ですわ、と門田ちゃんは肩を落とした。

しんみりした空気を荒田社長の怒号が破った。

「凡春のクソガキが！　次の号で不倫を知った陽菜子が女友だちの前で泣き崩れとる写真まで用意しとんねん！　そんな写真が出てみぃ。門田、殺されるで、陽菜子のファンに！」

激昂《げきこう》する荒田社長とは対照的に温見さんは自分の顎《あご》を撫《な》でてうなずきながらおっとり「ですよねえ」と同意した。

「昔の芸人はねえ、飲む打つ買うは当たり前。浮気は芸の肥やしだ、なんて言われてましたけど、今や芸人さんにもコンプライアンスが求められる時代ですからねえ。陽菜子ちゃんのファンだけじゃなく、門田ファンにとってもイメージダウンですよねえ」

温見さんは部外者みたいに腕を組んでウンウンとうなずいている。

「ですよねえ、って、温見！　おまえ、他人ごとみたいに言うてるけど、おまえが担当してる芸人やでッ！　監督不行き届きや！」

荒田社長の厳しいツッコミが入り、温見さんが身を縮める。

「す、すんません！　そうでした！」

「ほんまにぃ。この写真が出たら、門田の人気はガタ落ちや。今、うちの会社でレギュラー最多の旬《しゅん》芸人やのに、どないしてくれんねん」

マネージャーの温見さんは荒田社長に責められ、胃が痛むのだろう、お腹のあたりを押さえ、前かがみになっている。

「温見さん、大丈夫ですか？」

私が顔色の優れない温見さんのことを心配していると、社長室のドアがノックされた。ドキリとして扉の方へ目をやると、廊下から明るい声がする。

「大江戸トランスポーターの者ですがー。お荷物のお引き取りに参りましたー」

「なんや、もう三十分経《た》ったんかい」

荒田社長が忌々しそうに呟く。

「すんません。陽菜に一時間だけっていう約束して出てきたんで。もう行かないと」

そう言いながら門田ちゃんが大急ぎで松葉杖ごと段ボール箱に戻って横になり、温見さんは大慌てでガムテープで封をし、荒田社長が「はいはーい」と愛想《あいそ》よく返事をしながら社長室のドアを開ける。見事な連携プレイ。

察するに、門田ちゃんは私がここに連れこまれる前に段ボールで運びこまれ、三十分後には業者が引き取る手筈《てはず》になっていたようだ。社長がドアを開けると、作業着にサングラスという恰好《かっこう》のふたり組が足早に入ってきて、門田ちゃんの入った段ボールを台車に載せる。その箱の横にLIVING OR DEADと書かれているのが怖い。

荒田社長は業者が手際よく段ボール箱を台車に載せて運び去るのを見送り、「何でも運んでくれるええ会社やで」とクールに笑う。ここへ来る時もああやって移動してきたのだろう。たぶん、凡春の目を避けるために。

そうして、門田ちゃんは社長室から運び出されていった。その様子をぼやっと見ている私の肩を荒田社長がポンと叩いた。それだけで、ビクリと肩が跳ね上がる。

「というわけで、君を呼んだわけや」

「というわけで、と言われましても……」

どんなわけなんだか、さっぱりわからない。そもそも、名前も知らなかった私をなぜ？

という気持ちが伝わったかのように、社長がまた意味ありげに笑う。

「言うたやろ。ワシは君を知っててん。名前は知らんけど、君のことをよう知ってる」

「え？」

やっぱり理解不能。ただただ、意味深な言葉と不気味な笑顔に怯《ひる》む。すると、なぜか急に窓辺に歩み寄った荒田社長はブラインドの羽根を一枚、人差し指で押し下げながら、遠い目をして外を眺めた。

「あれは去年の夏の話や」

「は、はあ……」

「君は採用試験の時にここの廊下で面接官とぶつかって、思いっきり書類をばら撒《ま》いて、すみません！　すみません！　って言いながら、廊下に這《は》いつくばって必死になって書類を拾うてたやんか？」

「ああ……。そう言えばそんなこともありましたっけねえ……」

過去の失態を思い出し、顔から火を噴きそうだ。けれど、なぜか荒田社長はその時の様子をうっとりと回想するような顔をしている。

「ワシ、君の余りにも情けない姿を見て、心ん中で許す！　て叫んだんや……」

「はあ……」

「で。今回のスキャンダルをどないかせなアカン、会社として世間様に謝罪せなアカン、て思うた時、まっ先に浮かんだんが君の顔や」

「え？　は？　私の顔と言われましても……」

就活中の学生が出会いがしらにぶつかった面接官に謝るのと、所属タレントのW不倫が発覚してプロダクションを代表して謝るのとでは難易度の桁《けた》が違うような気がする。

それなのに、荒田社長は私と温見さんに向かって言い放った。

「ほな、このメンバーで門田のスキャンダル炎上を食い止めるで」

そう高らかに宣言した荒田社長は今度は声を潜め、

「ワシに秘策があんねん」

と不敵な顔をして、ほくそ笑んだ。

2

結局、社長が口にした秘策の詳細を知らされないまま、タクシーに乗せられその十分後には西新宿の駅前にいた。

大通りで車を降り、入り組んだ道を歩いていくと、煉瓦《れんが》造りのレトロな二階建ての建物の前に出た。築四十年以上は経っていそうな年季の入った建物だ。昭和を感じさせるサッシの向こうをのぞいてみると、デスクの上にファイルや書類が積み上げられている。古い上に雑然とした事務所だった。

荒田社長と温見さんはビルの二階あたりを見上げている。私もつられて視線を持ち上げると『山王丸《さんのうまる》総合研究所』という看板が掲げられていた。その横に小さく『公認会計士・山王丸寛《ひろし》』とある。

――さんのうまる？　公認会計士？

なぜこの切迫している状況で、会計士事務所を訪ねてきたのかがわからない。とその時、

「お疲れ様です」

事務所から人形のように整った顔をした若い男が出てきた。体型も恐ろしく均整が取れている。だが、無表情なせいか、モデルというよりは超高性能な人型ロボットかアンドロイドといった風情だ。そのすらりとした男の人は抑揚《よくよう》のない声で「こちらへ」と踵《きびす》を返した。

彼は目の前の事務所には入らず、建物の脇にある所々が錆《さ》びた鉄の外階段を上り始める。そして二階のドアノブに手をかけてから「こちらです」とニコリともせずに言った。

「うわあ……！」

温見さんの後から扉の向こう側に足を踏み入れると、そこは外観からは想像もつかない洗練された空間だった。

――す・ごーい！

中は海外ドラマに出てくるオシャレな法律事務所みたいだ。入ってすぐ目に入ったのは黒いカーペットを敷き詰めた広々としたスペース。真ん中が通路になっており、両側の空間はガラスで仕切られ、それぞれの内部にはスタイリッシュな執務机やソファが配置されている。高さのあるラウンドテーブルとスツール、瑞々《みずみず》しい観葉植物が置かれたバルのような喫茶コーナーもある。

そしてフロアの一番奥にはミーティングルームと書かれた重厚な扉がふたつ。プライバシーを保護するためか、ここだけは内部が見えない。

――きっとここでクライアントと打ち合わせするのね。

金髪の女性弁護士が足を組んで「No Way！」なんて言っているシーンを思い描き、うっとりする。

「こちらでしばらくお待ちください」

私たちを右側のミーティングルームへ案内してくれた男の人は、そう言っていったん去り、次に姿を見せた時には湯呑《ゆの》みを三つ載せたトレイを持っていた。

室内は壁も床も天井もぜんぶ真っ白。ゆうに二十畳はあろうかという部屋の半分を占めるのは応接スペース。

そのセンターテーブルの上に素早く置かれた三つの湯呑みは、大理石の天板をきっちり三等分したような絶妙な位置に並べられている。しかも三つのお茶は全く同じ色で全く同じ分量だ。男性の無駄のない動き。そして配置も完璧《かんぺき》。

ただ……。湯呑みもお茶もアツアツで、なかなか飲めなかった。

私が高温の緑茶と格闘するのを諦《あきら》めてトイレに立ち、再びもとのミーティングルームに戻ろうとした時、

「先生。土曜日はどうもありがとうございました」

という声が聞こえてきた。隣のミーティングルームからだ。

——おや？

誰かが閉め忘れたのか、わずかなドアの隙間《すきま》から広々とした室内が見える。

——お隣さんはどんなクライアントなのかしら……。

興味を抑えきれず、カッコいいCEOを想像しながらミーティングルームの中を盗み見た。

内装や広さは私たちが通された部屋とほぼ同じ。

ただ、こちらの部屋にはスクリーンと階段一段分ぐらいの高さのステージがしつらえられていた。

席も隣のような向かい合うタイプの応接セットではなく、スクリーンに向かって横並びに座る半円形のボックス席。あたかもシアタールームのようだ。

最初に、緩やかなカーブを描くソファに座っている美女の横顔が見えた。六十歳ぐらいだろうか。美しい加賀友禅とアップにまとめた艶やかな黒髪。しかし、どこかで見たような。

——うん？　あれって嘉津乃を解雇された女将じゃないの？

なんで女将がこんなところに……。解《げ》せぬ……。

私が首をひねっていると、中で人影が動いた。

さっき私たちに高温のお茶をサービスしてくれたロボットのような男の人、いや、彼をロボットと言ってしまってはペッパー君やアイボに申し訳ないと思うほど愛想のない男性がステージに上がり、「山王丸のアシスタント、氷室《ひむろ》です」と名乗ってから壁際に設置されているスクリーンの方を向いた。

そしてタブレットを片手に折れ線グラフをスクリーンに投影しながら、

「こちらは料亭嘉津乃に対する好感度グラフです。このグラフは『嘉津乃』『料亭』『金沢』『老舗』などのキーワードでウェブ検索し、嘉津乃に対するツイッターやフェイスブック、ブログといったSNSに投稿された意見、「いいね」などをAIが拾い集め、瞬時に解析して数値化したもの、つまり嘉津乃に対して世間が感じる好感度の推移を表したものです」

と説明を始める。この男は無表情なだけでなく、声にも抑揚がない。まるで高性能の自動音声みたいに澱《よど》みのない喋り方だ。

「ご覧のように会見の前半、好感度グラフは低迷しています。不祥事の後、嘉津乃に対する評判はガタ落ち、ネット上に不満が溢《あふ》れていました。そこにうちが契約している複数のアカウントから、故意に嘉津乃に対するマイナス意見を大量投下させ、ユーザーをさらにアンチへと誘導した結果です。これらのアカウントは数十万人のフォロワーを持つ、いわゆるインフルエンサーですから、効果はてきめんです」

——は？

声を上げそうになる口を両手で押さえる。

故意に？　アンチに誘導するってどういう意味？　なんで？　頭の中が疑問符でいっぱいになった。

「会見の序盤、囮《おとり》のツイートに釣られてマイナス意見が多数ツイートされ始める様子がこちらのグラフでおわかり頂けると思います。そして、ここ、会見で弘明社長が女将を乗り越え、新しい経営方針に則《のっと》って自分で嘉津乃を切り盛りしていくと宣言したあたりで、弘明社長への擁護《ようご》誘導ツイートを流しました。インフルエンサーを使って『金沢が誇る老舗に何とか立ち直ってもらいたい』『応援していこう』的な意見をアップさせた結果、ご覧のように好意的なツイートが増え始め、好感度グラフは一気に上昇しています」

グラフは氷室の説明の通り、好感度を表しているという折れ線は上昇し、枠外に突き抜けている。この解説を盗み見していた私の頭の中は真っ白になった。

――は？　どゆこと？　まさかあのロボットが……、いや、氷室という人があの感動的な会見をリードしていたということなのだろうか？

激しく混乱する私の目の前で、ボックス席の端に座っていた人物が、パンパンパンと手を叩きながら、

「マーヴェラス！　大成功でしたね」

と、声を上げ、立ち上がった。ずいぶん背が高く、彫りの深い顔立ち。

――えっと……。この人、誰だっけ……？

長身を折るようにして女将に手を差し出し、握手を求めている男をじっと見る。

――あ！　あれって、あの時の人だ！

ようやく思い出した。嘉津乃の謝罪会見場にいた正体不明のSPみたいな男だ。今日は黒縁眼鏡をかけておらず、あの時の黒いスーツとは違うお洒落《しゃれ》なジャケットにジーンズ姿のせいか、すぐには気づかなかった。

「山王丸先生。このたびは本当にありがとうございました」

女将も立ち上がり、にっこり笑って大男の手を握る。すかさず、氷室がふたりの写真をタブレットでパチリと撮影。

「人の怒りは六秒我慢すればピークを過ぎるなんていう説もありますが、あんなものは学

術的な根拠のない嘘《うそ》っぱち、都市伝説みたいなものです」

そう断言した山王丸が軽やかにステージへと上がり、両手を広げるようにして続ける。あたかも外国のベンチャー企業のCEOみたいだ。

「実際、怒りを支配するアドレナリンが血中に残留する時間は二十分以上です。だから会見がはじまる前から世間の不満を吐き出させるのが鉄則なんですよ」

彼が説明を始めるのと同時に氷室が部屋の隅《すみ》にあったホワイトボードをスクリーンの前まで引っ張ってきた。

「これが、怒っている民衆の脳内で起こっている現象です」

ボードにはマーカーで簡単な脳の絵が描かれ、シナプスだの伝達物質だのといった文字が殴り書きで添えられる。

何が何だかわからないようなグチャグチャな絵だが、わけもなく説得力があった。

「そして、人間の『怒り』というものは、他人の怒りと同調し、同じ感情を共有することで発散されます。我々はその原理を利用して世間の怒りをコントロールするんです。まあ、ケースバイケースですが」

と、山王丸がマーカーにキャップをして氷室に手渡したのと同時に、ホワイトボードは撤収される。次に山王丸はレーザーポインターでスクリーンのグラフを指し、

「だが、ご安心ください。もう何の心配もありません。このグラフが証明しているよう

に、今や嘉津乃の不祥事は完全なる鎮火状態です。実にいい謝罪会見でしたね」

とか言いながらステージを降りて手を伸ばし、今度はボックス席に座っている別の人物と握手。その相手は育ちの良さそうなポッチャリ体形。

「あ、あれは……弘明社長……！　嘉津乃の社長まで！　なんでこんなところに？」

弘明社長の笑顔もいつの間にかホワイトボードを片付けて戻ってきた氷室によってパチリと撮影された。

とその時、もうひとつの影が動く。

「いやあ、ほんとに素晴らしかった。謝罪する側が完全に空気を支配してましたね」

そう言いながら立ち上がって拍手をする男にも見覚えがある。

──あれ？　誰？　えっと……。嘘！　ＷＥＢサーズデー？

そこにいたのは会見の時に意地悪く弘明社長を責めていた記者、ＷＥＢサーズデーの北条だった。

「ほんと、ばっちりのタイミングで女将を黙らせましたよね。お母ちゃん！　つって」

北条に褒められ、ソファに座ったまま照れ臭そうにしているのは弘明社長だ。

「いやあ、お恥ずかしい。まあ、山王丸先生のシナリオにも『女将がさんざん板場主導の伝統を強調した直後に声を上げる』と書いてありましたし、ちゃんと会場でもインカムでキューを出してくれましたから。もう流れのままに無我夢中で」

――は？　なんで、女将と弘明社長とＷＥＢサーズデーが一緒にいるの？

親子は経営方針をめぐって仲たがいし、女将は弘明社長によって嘉津乃を追放されたはず。そして、ＷＥＢサーズデーの北条は会見でふたりを追い詰めた敵だったはず。

「いやあ、北条さんの質問も、ねちっこくて、嫌味ったらしくて、ほんとよかったですよ」

弘明社長はニコニコ笑っている。

「いやいや。社長、そんな褒めないでくださいよ、照れるじゃないですか」

謝罪会見では敵対し合っていたはずのふたりが、互いの健闘を讃《たた》え合うというおかしな現象が目の前で起こっていた。

――なんで？　どゆこと？　ますます解せぬ。

首を傾げながらさらに聞き耳を立てていると、弘明社長が、

「それもこれも山王丸先生のシナリオのおかげです」

と声を弾ませた。

――は？　シナリオ？

頭の中が一瞬空白になった。

それってつまり、女将も社長も北条も、山王丸の作った脚本どおりに演技し、発言してたってことなの？　私はあの男によって作られた会見を見て、感動したり、もらい泣きし

たり、挙句の果てにはスッキリしてしまったっていうの？　嘘でしょ？　いや、私だけじゃないはずだ。会見を見ていた人たちはみんな、あの男の手のひらの上で転がされてたっていうことなの？

まだ信じられない気持ちだった。

「お母ちゃん、会見の時はひどいことを言ってごめんね」

ついさっきまで満面の笑みを浮かべていた弘明社長が今は泣きそうな顔になっている。

「いいんだよ、おまえのためなら私は悪者にでも悪魔にでもなるよ」

「お母ちゃん！」

「弘明！」

ガシッと音が出そうな勢いで抱き合い、号泣する弘明社長と女将。

――何、それ？

茫然《ぼうぜん》とする私の視線の先で、女将がハンカチを出して息子の涙と額の汗を拭いている。それを嫌がりもせず、じっとして母親のなすがままにされている弘明社長を見て、さらに目を疑った。これがあの会見で堂々と自分のビジョンを語っていた嘉津乃の新しい経営者なの？

――嘘でしょ……。

そのマザコンぶりはテレビで見た人物とは別人だ。

私はもう隠れることも忘れ、ミーティングルームの中をガン見してしまった。

「山王丸先生には感謝しかありません！」

すっかり顔を綺麗にしてもらった弘明社長が山王丸の手を両手でしっかりと握った。女将も山王丸を上目遣いに見て、

「会見直後から、常連さん以外のお客様からもじゃんじゃん予約が入ってきてまして。今後は東京や大阪への出店も計画してるんです。航空業界から一時撤退した損失を差し引いても右肩上がりです。で、ついでと言ってはアレなんですが……」

と言葉を途切れさせた。

「できることなら、折を見て私が弘明と和解するシナリオをお願いしたいと……」

わ、和解のシナリオ⁉　親子関係の修復にも脚本があるの？

「もちろんです。お任せください。アフターフォローもパッケージ価格の中にしっかり入ってますので、世間が納得する和解会見を用意させてもらいますよ」

女将の頼みを快諾する山王丸。

――パッケージ価格って何？

私は頭を抱えた。もう何が何だかわからない。

私が茫然と盗み見している中、女将はバッグから手帳のようなものを出して、その上にサラサラとペンを走らせてから一枚を切り離し、山王丸に手渡した。

――小切手？　あれがドラマでしか見たことのない小切手帳ってヤツなの？

山王丸はその額面を確認することもなく、そのまま氷室に手渡す。

「これは……。うちからの請求額より多いようですが？」

紙片を一瞥《いちべつ》した氷室に、女将が「気持ちです」と上品に微笑《ほほえ》む。

では、と立ち上がった親子は山王丸に対して深々と頭を下げた。

「引き続きよろしくお願いします、山王丸先生……」

会見では堂々としていた女将が、山王丸にすがりつくようにして声を震わせている。

すると、山王丸はどこか冷たい表情を浮かべ、

「よかったですね。ついでに店舗拡大に反対していた老害、板長も追い出せて」

と意味ありげに笑った。

「えッ？」

女将が驚いたように睫毛《まつげ》を跳ね上げる。

「そ、そんなつもりは……」

「いいんですよ、隠さなくても。我々はあなたがたの味方です。山王丸総合研究所はクライアントにしっかり寄り添う、ハートフルなコンサルですから」

山王丸は青ざめる女将を宥《なだ》めるように言った。が、女将は顔を強張《こわば》らせたまま、「し、失礼します！　行きますよ、弘明！」と息子の腕を摑み、そそくさと席を立った。

勝村親子がこちらへ向かってくる。

——や、やば！

この場を離れようと後ずさった時、背後の何かにぶつかった。

「わ！」

荒田社長と温見さんが、私の背後から一緒になってミーティングルームの中をのぞきこんでいる。

「ええッ？」

狼狽《ろうばい》する私に向かって荒田社長は「しっ！」と人差し指を立て、私の手を引っ張るようにして、隣のミーティングルームへ戻った。

「いやあ、大したもんやなあ。ワシもあの会見、テレビで見てたけど、まさか賞味期限切れ食材の責任とって板長と女将がセットで引責辞任するテイで、年寄りの板長だけを追い出す作戦やったとはなあ」

ソファに深々と座った荒田社長は悪い顔をして感心しきりだ。

——確かに。あの会見をイチから作り上げたのだとしたら、相当なものだ。凄すぎる。けど……。

何だかモヤモヤする私の横で、温見さんがようやく飲める温度に冷めたお茶をすすり、

「それにしても、ここが謝罪コンサルの事務所だったとはねぇ」

と感心したように言う。

「え？　謝罪コンサル？　温見さん、謝罪コンサルって何ですか？」

初めて聞く言葉だ。

「謝罪専門の相談所ってことだよ。炎上しそうな謝罪会見を穏便に終わるようにうまくプロデュースしてくれるコンサルタント。言ってみれば、火消し請負人。そして山王丸先生は最高の炎上クローザーだよ」

「火消し……請負人……。クローザー……」

おうむ返しに呟いてみたけれど、いまいちピンとこない。

「でも、外に公認会計士っていう看板が出てましたよね？」

「うん。僕もただの経営コンサルタントだと思ってたから、びっくりしちゃったよ」

すると、荒田社長がまた自分の顎を撫でながら悪代官の顔になった。

「下では真っ当な経営コンサルタント業もやってるようやが、それは世を忍ぶ仮の姿や。しかし、料亭の会見の裏にこんな事情があったとはなぁ。ま、悪いのはすべて板長ていうことにしといたら、後々女将も復帰しやすいわな。なんちゅうても、弘明社長と女将は血のつながった親子やし、和解しても不思議はない」

「ほんと、凄腕ですねえ、あの山王丸って先生は」

温見さんは悪代官様に媚《こ》びへつらう越後《えちご》屋の顔になっている。

「でも……」

私はやっぱり納得がいかなかった。

「でも、あの山王丸って人は、世間をだましてるんですよね？」

それをふたりして褒めそやすなんてどうかしてる。さすがに口に出して荒田社長と温見さんを非難することはできなかった。けど、温見さんは私の内心を察したみたいに優しくなだめるように言った。

「まあ、光希ちゃんはまだ若いから。この先もっと世の中のことを知ったら、必要悪ってヤツがわかるようになるからね」

そして温見さんは荒田社長を持ち上げることも忘れない。

「それにしても、社長、そんな凄腕の謝罪コンサルとつながれるなんて、ほんとにすごい人脈ですね！」

荒田社長はドヤ顔になって湯呑みを持ち上げる。

「実はこのコンサル、歌手の西沢譲二《にしざわじょうじ》のマネージャーが紹介してくれてん」

「え？　西沢譲二って婚約者がいたにもかかわらず七人の女性と浮気してたことがバレた、あのイケメン歌手のエヌ・ジョージのことですか？」

温見さんが目を丸くした。

西沢譲二。通称、エヌ・ジョージは飛ぶ鳥を落とす勢いの売れに売れているシンガーソングライターだ。ジョージはまだデビューして二年目。なのに、出す曲がすべて大ヒット。そんなモンスター級のミュージシャンを学生時代から支えてきたマネージャーとの婚約をつい先日発表し、その純愛が話題になった。ところが婚約直後、ジョージの不貞が発覚した。純愛の裏で七人ものファンに手を出していたことが、写真週刊誌フライデーにスクープされ、露呈したのだ。

「あの、月曜から日曜まで日替わりの相手と、しかもホテル代をケチって公園で関係を持っていたっていうあのジョージですか?」

温見さんが興奮気味に確認する。

「そうや。水曜日のオンナを名乗るファンが出てきて、コスパのええ日替わりデートをフライデーにフライデーされた、あのジョージや」

あの事件でジョージは気の毒になるぐらいのバッシングの嵐にさらされた。浮気相手は全員、未成年ではなかったし、ジョージが無理やり押し倒したわけでもない。それでも、複数のファンと浮気をしたら、ここまでされるの? と思うほど世間に叩かれた。彼を女手ひとつで育て上げた母親はパパラッチに追い回され、学生時代のヤンチャな交友関係が暴《あば》かれ、CDの不買運動まで起きたのだ。

「そう言えば、あれってめちゃくちゃ炎上したスキャンダルだったのに、それにしては不思議なほど呆気《あっけ》ない収束でしたね……」

半年ほど前の記憶を辿る私に、荒田社長が、

「たしかに週刊誌の発売直後はかなり炎上したけど、うまいこと有耶無耶《うやむや》になったやろ？それもこれも、謝罪会見が成功したおかげや。んで、あの謝罪会見を仕切ったのもここの先生や」

と言って、片頬を持ち上げる。ニヤッと笑う悪代官顔が怖い。

「不思議やと思わんか？　同じようなスキャンダル起こしても、大炎上してまう者もおれば、不思議なほどあっさり鎮火する者もおる」

確かに同じような不祥事でも炎上の度合いは、その都度違う気がする。けど、それはたまたまだと思っていた。

「芸能界の場合、世間は事務所がマスコミに圧力かけたとか金で黙らせたとか、勝手に推測したりするが、そうやない。裏で動いて確実に鎮火してるんはプロの謝罪コンサルや」

プロの謝罪コンサル……。世の中にはそんなビジネスがあるのか。まだまだ知らないことは多いもんだ、と感心してしまった。

「あん時も見事やったなあ。ジョージの会見直前になってモザイク処理された土曜日のオンナの映像を引っ張り出してきて『ジョージ、夢の時間をありがとう。土曜日の二時間、世界のジョージは私だけのものだった。たとえデートの場所が下町の公園だったとしても、ジョージに優しくされて私は世界一、幸せでした』とかなんとか涙ながらに言わせ

て。まるでジョージとのことを暴露した水曜日のオンナが、慰謝料目当ての悪もんみたいになって、一気に収束や。あれも天才的な演出やったな」

「は？　演出？　土曜日のオンナって、あれは演出……つまり偽物だったんですか？」

荒田社長の話がすぐには信じられなかった。嗚咽《おえつ》を洩らしながらジョージへの想いと感謝を切々と語った女性の声を思い出すと、今でも目頭が熱くなるからだ。

「つまり、あれも全部ヤラせだったたってことですか⁉」

「当たり前やん！　今時、私は日陰の女でいいの、て言うような理解のある昭和初期の化石みたいな女がおるかいな！」

逆に怒られてしまった。

――嘘でしょ……。あの会見も仕組まれたものだったたっていうの？

私はたとえ公園で二時間だけでも、大好きなミュージシャンを独占したかった、というファンの気持ちに共感し、涙してしまったというのに。

「確かにジョージには一週間、日替わりで七人のオンナがおったて言われてたけども、ほんまは六人やってん。たまたまジョージが土曜日の夜だけは休養してて、誰ともデートしてへんかったから、そこに目を付けたここの先生が土曜日のオンナを仕立て上げたんや」

「なるほどー！　ジョージにも休肝日みたいなものがあったんですね？　あははははは」

と納得する温見さん。荒田社長もニヤニヤ笑っている。

「いやいや、ちょっと待ってください」

何かが違う気がする。ふたりがどうして笑っていられるのかが理解できない。

「あの土曜日の女の会見を見てジョージを責める風潮がなくなったのに、その存在自体が嘘だったなんて、そんなことって……」

この違和感を訴えようとした時、私たちがいるミーティングルームの扉が開き、入り口からぬっと黒い影が差した。

「お待たせしました。所長の山王丸です」

オフホワイトの高級そうな麻のジャケットを羽織《はお》った長身の男が、唇の端を少し持ち上げて作り笑いのような微笑を浮かべ、立っている。

会見の日の黒縁眼鏡は伊達《だて》だったらしく、今日は斜め向かいに座った彼の日本人離れした彫りの深い目許がはっきりと見えた。

何だかタダモノではないオーラが全身から漂っている。けれど、どこがどうタダモノではないのかと問われるとうまく説明できない。そんな彼の風貌は私に秘密兵器というワードを連想させた。まだその性能はわからないのに、何となく尋常ではない空気だけが伝わってくるのだ。

——いや。これまでの話を聞く限り、この男はただのペテン師だ。

私の中に山王丸に対する敵対心がフツフツと湧《わ》き上《あ》がる中、荒田社長は前傾姿勢になりながら、今回のW不倫騒動について説明を続けている。

「というわけで今、うちの門田、ほんまにピンチなんですわ。嫁はんの陽菜子は結婚以来ずっと露出を控《ひか》えてたんですが、ついこないだ台所用洗剤のCMに夫婦そろって出演したばっかりで。こないな記事が出てもうたらもうイメージダウンも甚だしい。今きてる他のCMのオファーもなかったことになってまいますねん。その違約金たるや、そらもう、えげつない金額でんねん」

荒田社長は何とかしてほしいと必死で訴えるが、ゆったりとソファにもたれている山王丸はどこか退屈顔だ。それでも口角泡《あわ》を飛ばし、ジャングル興業の窮状を訴え続ける荒田社長。私はドキドキしながら顔面凶器VS全身秘密兵器の対決を見守っていた。とその時、一番端に座っている私からは山王丸がさりげなく口許に手をやって欠伸《あくび》を嚙み殺すのが見えた。

社長の話を聞き終わった山王丸はゆっくりと足を組み替え、なるほど、と余裕の表情でうなずいた。

「あらかたの御相談内容はわかりました。全く問題ない。お引き受けしましょう」

山王丸がパチン、と指を鳴らすと、部屋の奥にフロアより一段高いステージのようなものがせり上がってきて、天井からガーッと自動でスクリーンが下りてきた。

「それではまず弊社の料金体系について、アシスタントの氷室の方から説明させてもらいます」

ステージ上に現れた氷室にスポットライトが当たった。いちいち大層な演出に驚かされる。

「こちらが弊社の一般的な料金表となります」

スクリーンには桁の大きな数字がぎっしり詰まったマトリックス。

「カウンセリング料が一回につき五十万、調査費用が百八十万、シナリオ作成料金が五百万、リハーサル指導料が三百万、本番のデータ解析料金が二百五十万、アフターケアが四十万、しめて一千三百二十万となります。今回はエヌ・ジョージ様からのご紹介ということで、初回の相談料は無料となっております」

「…………」

さらさらと説明されたコンサル料を聞いて、私たちは沈黙した。

「尚《なお》、こちらは基本料金となっております。案件によってはオプションが必要となりますので、総額がこれよりお高くなる場合も多々ございます」

お高くなる場合も多々ございます、という本来なら言いにくいはずの部分も抑揚なくサラリと流す氷室。

「は？」

ようやく我に返ったように荒田社長が目をパチパチさせながら、眼鏡を外してスクリー

ンに近づいていく。そして、

「これって単位は何ですのん？　ウォンとかルピアとかコロンビアペソとかでっか？」

と、あえて外貨レートに換算しようとする。

「いえ。単位は円ですが、何か？」

山王丸も氷室に負けていないぐらいサラリと言う。

「円ッ⁉」

荒田社長が素《す》っ頓狂《とんきょう》な声を上げた。

「円って、日本円のことでっか？　いやいやいやいやいや！　無理無理無理無理ッ！」

荒田社長が頬をブルブル震わせながら拒否した。

――いや、そういう問題じゃないでしょ。

さっきからずっとモヤモヤしていた。けれど私はまだ人生経験が浅いから、この状況がうまく呑《の》みこめないだけなのだと思って我慢してきた。というか、新米社員の私ごときが口を挟んではいけないと思っていた。けど……。

ついに黙っていられなくなった私は叫んでしまった。

「お金の問題じゃなくて！」

室内がシンと静まり返り、そこにいる全員がこっちを見ている。

――ど、どうしよ……。けど、言わなくちゃ。間違ってるものは間違ってるって。

私は両手の指をぎゅっと握りしめ、勇気を振り絞った。

「しゃ、社長……！　こういうのはおかしいと思います。何ていうか……、こんなシステム化された誠意のない謝罪会見で世間を欺いていいんですか⁉」

「誠意？」

山王丸が怪訝《けげん》そうな顔をした。しかし、それは私の意見に驚いているような表情ではなく、小馬鹿《こばか》にするような挑発的なそれだ。

その顔を見てムッとする気持ちを抑え、私はできるだけ冷静に言い返した。

「だってそうじゃないですか。世論を誘導するためにツイートを投下したり、インフルエンサーを利用したり、嘘の演出をしたりして。ついでに板長を追い出すのが裏の目的だったなんて、それを知ってて会見をコーディネートするなんて、どう考えてもおかしいですよ！」

怒鳴《どな》った後で、しまった、と両手で口を押さえた。隣のミーティングルームでのやりとりを盗み見してたことがバレたかも。いや、バレたよね、間違いなく。

が、山王丸はそんなことはどうでもいいように鼻で笑った。

「情報操作で騙される、単純な世間の方が悪いんですよ」

「そ、それはそうかもしれませんけど、嘘で塗り固めたような会見には、誠意が感じられません」

山王丸がゆっくりと足を組んだ。

「じゃあ、お聞きしますが、あなたは料亭嘉津乃の謝罪会見を見てどう思いましたか？　誠意の欠片《かけら》も感じられませんでしたか？」

「え？　う……。あの会見は……えっと……」

くやしいけど、見ていてワクワクしたし、ドキドキした。最後は弘明社長の発言に誠意と覚悟を感じ、ウルウルもした。山王丸のやっていることからは微塵《みじん》の誠意も感じられないのに……。

そんな私の内心を見透かすように山王丸は片方の口角を持ち上げてニヤリと笑う。

「あなた、本当はあの会見を見て、弘明社長の誠意を感じたんでしょ？」

「そ、それは……」

「そして、彼が語った嘉津乃の未来に感動も覚えたんじゃないですか？」

「た、たしかに、誠意も感じたし、うっかり感動しちゃったりもしましたよ……。けど、まさか、仕組まれたものだなんて知らなかったし……」

あの会見を見た時の気持ちを言い当てられ、しどろもどろになった。

「あなたは仕組まれた会見に誠意を感じ、感動した。じゃあ、あなたの感動は嘘の感動だったんですか？」

「は？　嘘の感動？　そんなのあるわけないじゃないですか！」

なに言ってんだ、この人は！　――いや、待てよ。嘘の謝罪に感動したってことは、その感動は嘘ってことになるのかな？　いや、待って……感動は嘘じゃなくて、謝罪が嘘で、けど、嘘の謝罪で感動した場合、その感動は……。わけがわからなくなってきた。

怒りながらも混乱し始める私を楽しむかのように、目の前の山王丸が低く笑った。

「つまり、誠意を感じるか感じないかは受け取る側が決めることなんです。どんな風に謝ったところで、許すか許さないかは世間が決めること。だったら、私の仕事は相手の胸に響きやすい、世間に伝わる会見をすることです。違いますか？」

違うような違わないような……。ますます混乱した。――いや、ここで言いくるめられちゃダメだ。

「そりゃあそうかもしれませんけど、だからって嘘や演出で世間を騙すなんて、絶対に許されません！」

騙す……、と独《ひし》り言《ごと》のように呟いた山王丸は、さも可笑《おか》しそうに笑った。

「世の中の有象無象は、今回のような賞味期限切れの食材を使ったという問題だけではなく、個人的な不倫でも謝罪しろ、という。だがそれはいったい誰に、何のために謝罪しているんですか？」

「そ、それは……悪いことをしたわけですし……世間に対する説明義務があるというか何というか……」

山王丸の目がギラリと光った。

「たとえば、エヌ・ジョージ。彼が『不倫は許せない！』って騒いでいた連中に迷惑をかけましたか？　お騒がせしてすいません？　勝手に騒いでいるのは、マスコミやそれを見て喜んでいる視聴者じゃないですか」

「う……。そ、それは確かに……そうですけど……。でも、誠意のない謝罪に意味なんてありません！」

「意味がない？　じゃあ、あなたはどうすれば嘉津乃の女将や社長を許すんですか？　どうすれば本当の誠意とやらを感じるんです？　号泣？　それとも、土下座ですか？」

「いや……それは……」

もしかしたら、それはそれで嘘くさく感じてしまったかもしれない。だけど……。

次の言葉が見つけられない私に、山王丸は吐き捨てるように言った。

「許されない土下座には一円の価値もない」

「そ、それは……。そうかも……知れませんけど……」

何も言い返せなくなった私に、山王丸は「いいですか？」と人差し指を立て、続けた。

「世の中には自分の胸の内をうまく伝えられない人たちが大勢いる。そのせいで世間に誤解されたり非難されたりするんです。私は大切なクライアントがそんなミスを犯さないように、個々の案件に最も適したシナリオとシチュエーションを用意する。それを演出と呼ぶのなら、そうかもしれない。だが、あなたの言うシステム化とは正反対、うちは依頼者にしっかり寄り添うハートフルなコンサルです。オーダーメイド、いやオートクチュールのコンサルと言っても過言ではない」

嘘や演出で塗り固めた謝罪会見をコーディネートしているくせに、自分のやっていることを正当化しようとする山王丸に対し、無性に腹が立ってきた。

「はあ？　ハートフル？　はあ？　オートクチュール？　世間を騙してでも自分の依頼者だけ守れればそれでいいなんて、そんなの悪徳コンサルじゃないですかッ！」

怒り心頭で立ち上がる私の横で、荒田社長がまだ「一千三百二十万円、一千三百二十万円」と念仏のようにブツブツ呟いている。そして、あろうことか山王丸を拝むように手を合わせて、「もうちょっと負かりまへんか？　この通り！」と値下げ要求を始めた。有り得ない。

「社長！　何言ってるんですか！　ダメですよ！　こんな人たちと組んだりしちゃあ！」

だが、真剣に訴える私のことは完全にスルー。社長は依頼する気満々で「何とか半額ぐらいでお願いできまへんか？」と思い切ったディスカウントを要求する始末だ。

一方の山王丸は作ったような笑みを口許に漂わせたまま。その瞳の奥には冷たい光が宿っているように見える。彼は荒田社長ではなく私の方を向いて、静かに口を開いた。

「悪徳というのは結果も出さずに法外な相談料を取るコンサルのことですよ。ちなみにうちの鎮火実績は百パーセントです」

そして、今度は荒田社長の方を見て、

「したがって、ビタ一文、値引きは致しません」

と言い切った。荒田社長の目尻の皺がピクピク震える。

「くっ……。ほ、ほんなら思い切って、ええい！　この際、三十パーセントオフでどないでっしゃろ？」

無言で首を振った山王丸は、顔に仮面のような微笑をはりつけたまま言った。

「究極の謝罪にはそれだけの価値がある。これだけ言ってご理解いただけないのなら、お帰り頂いて結構です」

ついに突き放され、荒田社長の表情も一変した。

「ケチ！　ドケチ！　なんやねん、こない高い買いもんやのに値引きなしって！　どないな商売しとんねん！　聞いたことないわ！　二度と来るかこんなトコ！　アホウ！　ドケチ！　ドアホ！　おまえの母さんデベソじゃ、ボケ！」

必死の値段交渉を一蹴《いっしゅう》された荒田社長が、小学生のように山王丸をなじる。けれど、こんな風に交渉が決裂することも珍しくないのか、氷室があっさりと「お帰りはこちらです」と私たちを案内するように手のひらを見せる。

自分から二度と来ないと言っておきながら茫然としている荒田社長に向かい、山王丸が釘《くぎ》を刺した。

「おわかりだとは思いますが、ここで見聞きしたことは決して他言されないように」

「な、何のことでっか？」

とぼける荒田社長に氷室が無言でタブレットを見せた。

画面には山王丸と握手しながらピースサインを見せる嘉津乃の女将。そのふたりの背後、わずかに開いているミーティングルームの入り口に私と荒田社長、そして温見さんまでが雁首《がんくび》揃《そろ》えて写りこんでいる。縦一列に、とても間抜けな顔をして。

「ここへ来た時点で、あなたがたも同じ穴の貉《むじな》ですからね」

つまり、ここで聞いた料亭の話を他所《よそ》ですれば、門田ちゃんの件も暴露するという脅しに聞こえた。

――どこまで卑劣な男なの？

感動的な謝罪会見を裏で操っていた黒幕の存在を知ってしまった私は、どうにも気持ちが収まらなかった。

明らかに失望している荒田社長の背中に従いながら、私は声を上げた。

「社長。こんな人に頼んじゃダメです！　私たちは私たちだけの力で、誠実な謝罪会見をすべきです！」

山王丸にも聞こえるように、大きめの声で荒田社長に訴えた。もう、社長のことを怖いなんて言っていられなかった。

「せやせや！　自分らでやったらタダやしな！」

荒田社長も聞こえよがしに同意してくれたところで、私は振り返って山王丸を見た。

不敵な顔をして笑っている。

だが、目だけ笑っていないその顔が、『お手並み拝見』と言っているように見えた。

3

荒田社長と温見さんの後について山王丸総合研究所を出た瞬間、何とも言えない後ろ髪を引かれるような気持ちになった。怒りの対象である山王丸が目の前から消えたせいか、あれほど軽蔑《けいべつ》していた謝罪コンサルの仕事に対して好奇心が止まらない。

——見る人をあんなにワクワクドキドキさせて最後には感動させて、クライアントにあれほど感謝される仕事があったなんて……。

三人でとぼとぼ歩いて駅に向かいながら、私は悶々《もんもん》と考えていた。

——いや。けど、やっぱり世間を騙してることに違いはない。

ブルブル頭を振る私に、荒田社長が尋ねた。

「とは言うたもんの、どないすんの？　篠原君」

――え？　まさか、この難題を新入社員の私に丸投げ？

とは思ったけれど、自分が啖呵《たんか》を切ってしまったのだからそう言われても仕方がない。

「も、もちろん、自分たち自身の手で真心のこもった手作りの謝罪会見をするんですよ。社長！　きっと我々の誠意は伝わるはずです」

あれほど恐れていた社長の前で、思いきり山王丸にキレてしまったせいか、今はほんの少しだけ社長のことが怖くなくなり、意見しやすくなっているから不思議だ。

「ですが、我々だけで、山王丸みたいに炎上を抑えられますかねえ？」

温見さんが声のトーンを落とす。

「そら、あっちはプロやさかい。せやけど、あない法外な値段はないわ。びっくりしたわ。ほんまに目ん玉、飛び出たかと思うたわ」

お金のことばかりを興奮気味に喋る荒田社長。

「コンサル料のことはともかく。門田さんが記者の前で誠心誠意謝れば、きっとファンや視聴者の皆さんにも伝わるはずです。きっと許してくれますよ」

と私は気を取り直して提案したのだが、荒田社長は首を横に振った。

「は？　門田？　ノカンアカン。門田本人に謝罪会見なんかさせられるかいな」

「え？　どうしてですか？」

本人が出てこない謝罪会見なんてあるのだろうか？

「お笑い芸人がしょぼくれて謝罪なんかしてどないすんねん」

「で、でも……」

「それに、ただでさえ『美女とネズミ』『ルックスの格差婚』て言われてるのにやなあ、あんなヌートリアだかカピバラだかに似た、微妙に可愛らしゅうもない小動物系芸人が出てきて『自分には勿体《もったい》ないほどの元アイドルの嫁はんを裏切りましてん。不倫してスンマセン』なんて言うてみい。『おまえ、どの面下げて！』て余計に腹立つやんか。陽菜子のファンに殺されるで、いやマジで」

「そ、それはそうですが……」

アイドルユニット『隣り組１０３』のセンターヴォーカル陽菜子は二年前に門田と電撃結婚し、惜しまれつつアイドルを引退した。今ではたまにＣＭで見るぐらいだ。私自身、あんなに歌もダンスもうまい将来性のあるアイドルが、野球選手でもなく、イケメン俳優でもなく、誰もが身近に感じられるような芸人と結婚し、潔くアイドルを辞めたことに驚いたものだ。

門田ちゃんに自分自身の姿を投影するファンも多かったことだろう。何かをがんばっていれば、たとえ小動物でも……もとい、ルックスがそんなにイケてない男子であっても、天使のように愛くるしい女子と結婚できるのだと。

だからこそ、あの結婚は陽菜子ファンにも祝福されたのだ。それだけに裏切られて泣いている彼女の写真が掲載されたりしたら……。

「確かに。命に関わりますね……」

想像しただけで鳥肌が立った。

「それだけとちゃうで。門田自身は誰にやられたか言わへんけど、あない大怪我してる姿をさらしてしもうたら、色々勘繰られるやろ」

その社長の言葉で、松葉杖をついていた門田ちゃんの姿を見た時の感想を思い出した。彼の不倫相手である村井栄子の夫、S-1王者の村井闘也が脳裏に浮かんだ。

温見さんもウンウンとうなずきながら荒田社長に同意する。

「あれはどう見ても闘也の仕業でしょう。プロの格闘家がカピバラ……もとい、腕立て伏せ五回が限界の芸人に重傷を負わせたなんて噂《うわさ》がたったら、闘也の格闘家生命も危機に瀕《ひん》する畏《おそ》れがありますしねえ。そうなるとうちのプロダクションだけの問題ではなくなりますよねえ」

「せや。他の事務所の人気格闘家のイメージを傷つけるようなことはうちとしても避けたいねん。門田が傷害で訴えるていうんなら別やけど。そもそもの原因は門田にあるわけやしな。だいたい、闘也の事務所自体が武闘派や。社長は元アレのヤバいオッサンや。できれば関わりたない事務所や」

――元アレ……。そ、そうなんだ……。荒田社長がビビるほどヤバい事務所なのか。

もちろん、どんな事情があろうとも暴力は絶対によくない。けど、門田ちゃん本人があの姿をさらして謝罪することは、不倫相手の夫、つまり奥さんを寝取られた被害者である村井闘也にとってもイメージダウンにしかならないのだ。

——どうしたものかな……。

大通りに出て駅へと向かいながら、思わず、ハア、と溜め息を洩らす。

「本人が出てこれないとなると……。じゃあ、誰が記者会見をやるんですか？」

荒田社長の目が隣を歩いている温見さんに向けられ、その鋭い視線につられて私も何となく気の弱そうなマネージャーの顔を見てしまう。温見さんもつられるようにとなりを見るが、誰もいないことに気づいてハッとした顔になる。

「ええーッ？　僕ですかッ？」

温見さんは目を丸くして大きな声を出し、

「ムリ！　ムリです！　絶対ムリ！」

と、残像が見えるほどの速さでブンブン右手を振っている。

「けど、担当マネージャーとして監督不行き届きやった、っちゅう責任もあるしのう。おまえしかおらんやろ、主演男優賞は」

荒田社長に冗談とも本気ともつかない言い方で任命された温見さんは真っ青だ。

「絶対ムリだ。絶対に失敗する……」

温見さんがブツブツ呟きながら弱々しく頭を抱えた。

「ほな、次はシナリオやな」

「シ、シナリオ？」

と、温見さんが憔悴《しょうすい》しきった顔を上げた。

「嘉津乃の社長も山王丸もシナリオがどうとか言ってたやんか。発言がブレへんためにも原稿があった方がええやろ」

「そ、そうですね。喋ることが決まってるのなら、口下手な僕でも何とかなるかもしれません」

「せやろ？」

ニンマリ笑った荒田社長は、

「ほな、そういうことで、シナリオは篠原君、頼むで」

と、私の肩を叩いた。

「え？　私ですか？」

「君しかおらんやろ。今年の脚本賞は」

荒田社長は私がアカデミー賞の部門賞にノミネートされているような言い方をする。が、私の執筆経歴はと言えば、高三の時、演劇部が文化祭で発表する劇の脚本を全校生徒から募集することになり、密《ひそ》かに書き上げた自信作を応募したことぐらい。しかも、その脚本は先生たちの投票において最下位で不採用になったという黒歴史だ。

「そんな私がいきなり、謝罪会見のシナリオなんて……」

私が及び腰になると、荒田社長が苛立《いらだ》ったように怒鳴った。

「なんやねん！　どいつもこいつも弱腰で！　ほんなら、シナリオはなしや！」

「ええッ？　そんなぁ……」

温見さんの眉が八の字になった。頼まれると嫌とは言えない性格だ。自信はないが、温見さんの今にも泣き出しそうな顔に背中を押された。

「わ、わかりました。やりますよ。いや、やらせてください。学校最下位の私で良ければ」

「最下位？　なんかよう知らんけど。叩き台だけ篠原君が作って、後はみんなで考えたらええがな。よし。これで今年のアカデミー賞はチーム荒田が総なめや」

――意味がわからない。

しかし、その時ふと山王丸のドヤ顔が脳裏に浮かび、私の中にふつふつと闘志のようなものが湧きあがってきた。私もあんな風に見る人を感動させるような会見を手掛けてみたい。ただし、誠実に。

「わかりました。こうなったら、私のシナリオでアカデミー賞でもブルーリボン賞でも何でも獲《と》ってやりますよ！　完璧な誠意を言葉にして、完璧な謝罪会見をやってやりましょう！」

「ええぞ！　篠原君！」

　山王丸なんかに負けるもんかという意地と、荒田社長の拍手と掛け声に気をよくした私はすっかりやる気になった。

「凡春が発売されたら非難轟々《ごうごう》や。間違いなく門田の好感度は地に堕《お》ちる。けど、問題はそっからや。どないな謝罪会見にしたら世論を味方につけられるんかを考えなアカン。炎上を収束させることができれば、門田を芸能界に復帰させることも可能になる。そもそも謝罪会見っちゅうもんはやな……」

　荒田社長が謝罪会見の重要性を力説しているうちに西新宿駅に到着していた。

「ワシら、こっから電車に乗るわ。ほな、篠原君！　今日はもう帰ってええから、明日までに好感度の上がる会見について色々調べといてくれ！」

「え？　あ、はい……」

　拳《こぶし》をあげる荒田社長と顔色の悪い温見さんに頭を下げ、私は歩いてアパートへの帰路についた。まだ明るいが、太陽は少し西に傾いている。

　――ああ……。そういえば、お昼も食べてない。でも、すぐに帰って謝罪会見のことを調べなくちゃ……。

4

「光希ちゃん！　昨日はいったいどうしたのッ？　会議の資料、ほったらかしたまんま突然いなくなるなんて」

「篠原さん、昨日みたいなのは困るよ。お客さん、お茶も飲めないまま帰っちゃったじゃん」

「光希ちゃん……。なる早で頼んだ廊下の電灯、今朝ついに消えちゃったよ……」

出社と同時に集まってきた先輩たちに怒られ、引き受けたままになっているすべての雑用を思い出した。

「あ……！」

もう頭の中は謝罪会見のことでいっぱいで、昨日頼まれた雑務のことは、今の今まで忘却の彼方《かなた》に消え去っていた。

「す、すみません！　コピーとお茶入れと、なる早の蛍光灯交換、そして焼きそばパンのこと忘れてました！　ど、どうしよ！」

「私が全部やっておいたわよ……。どうしたのよ、光希ちゃん。どんなに時間がなくても笑顔で雑用を引き受けて、どんなにミスっても、どんなにノロマでも、最後までやり切るのが光希ちゃんじゃないの！　途中で投げ出すなんて、光希ちゃんらしくないじゃない」

この際、ノロマはスルーしよう。すっかり忘れ去っていた私が悪いのだから。

「実は……」

雑用の途中で荒田社長に拉致され、そのまま経営コンサルタントの事務所に連れていかれたことを説明した。もちろん、門田ちゃんのスキャンダルとコンサルの正体については伏せて。

「ほんとにすみませんでした！」

深く頭を下げて謝ったら、逆に同情された。

「社長の勅命かあ……。それじゃ、仕方ないな」

「光希ちゃん、大丈夫？　辞めちゃダメだよ？」

「篠原さん、がんば！」

先輩たち全員が半泣きの顔で励《はげ》ましてくれた。有難《ありがた》いけど、逆に不安になる……。

「ああ！　おった、おった！　篠原君！　ちょっと！」

しんみりしてしまった事務所の空気をつんざく荒田社長の声。先輩たちが、サーッと波が引くようにいなくなる。

「え？　あ、は、はい！」

そして私はまた、社長室に引っ張っていかれた。

「ほんなら、自前でやる謝罪会見の打ち合わせを始めるでぇ！　経費削減や！」

力いっぱい檄《げき》を飛ばす社長と相変わらず自信のなさそうな温見さん。応接テーブルを挟んでふたりと額を突き合わせる。

「よっしゃ。嘘でも何でもええ。老舗料亭の謝罪会見みたいに好感度グラフがグーンと上がるようなシナリオ作るでー！」

荒田社長はやる気満々だ。けれど、私は山王丸のやり方をそっくり踏襲することには反対だ。私は恐る恐る、それでも必死で自分を奮い立たせて手を挙げた。

「はい。篠原君」

教師みたいに荒田社長が私を指名した。

「あ、あの。嘘はよくないと思います。私は山王丸さんみたいなやり方には賛成できません」

「なに？」

社長の三白眼にジロッと睨《にら》まれ、ビクリと肩が跳ね上がる。山王丸のコンサル料は受け入れられないが、ノウハウは気に入っているらしい。

「ほな、どうやって好感度上げるねん」

詰め寄られ、怖気《おじけ》づきそうになりながらも私は気力を振り絞って続けた。

「脚本を書くところまではいかなかったんですけど、昨夜《ゆうべ》、ネットで好感度の上がる謝罪会見について過去の実例をさかのぼりながら、私なりに調べてみたんです。シナリオ作りの参考になるかと思いまして」

「ほう……」

意外にも荒田社長が食いついてくれたので、私はホッとしながら調べた内容をまとめた大学ノートをバッグから引っ張り出した。

「えっとですね。その内容を要約しますと、言い訳や小細工は逆効果、一番大切なのは、なぜこんなことをしてしまったのかという理由をしっかり伝えて共感を得ること。そして、誠心誠意謝った方が好感度をアップできる、という結果が出ていました」

「ふーん。理由と誠意やな。よっしゃ。ワシがお手本、見せたるわ。篠原君、レポーター役な」

「え？　あ、は、はい。では」

私は軽く咳払《せきばら》いをしてから、ボールペンをマイク替わりにして社長へ向けた。

「門田さん。あなた、どうしてあんな可愛い奥さんがいるのに浮気なんてしたんですか？」

社長は前歯を剝《む》き出《だ》しにして、門田ちゃんの表情と口調を真似て答える。

「浮気じゃないです。……そう、本能です！　多くの雌を求める雄の本能です！」

「はい、燃えた」

「え？　なんで？」

荒田社長が目をパチパチさせている理由の方がわからない。あと可愛くない。

「本能だなんて、そんなアニマルな理由が世間に受け入れられるはずないじゃないですか。女性の視聴者を敵に回しますし、何より下品です」

「そうかなあ……」

本気で首を傾げてる。だめだ、この人。野性的な男性が好き、って書かれた雑誌を読んで、ソッコー襟元開いて胸毛を見せるタイプだ。

「ほんなら、これは？」

と、再び社長は自信ありげに続ける。

「浮気じゃありません。気の迷いです。なんであんなオバハンと浮気してもうたんか、オバハン好きのマニアックな霊に取り憑《つ》かれていたとしか思えません」

「はい、炎上！　霊なんて、誰も信じてくれるわけないじゃないですか。そんな言い訳は中高年の女性を敵に回すだけです。やり直し！」

だいたい、おばさん好きの霊ってなんだ。

「わかった、わかった。ほんなら、アレや。毎晩ステーキばっかり食うてるとたまにはお茶漬け食いたなるっていうアレや。僕にとって陽菜子は最高のステーキなんです。ちょっと胸やけしてきたんで、コースの締めにお茶漬けみたいな村井の嫁はんを頂きました」

「はい、大炎上！　焼け野原！」

「はあ？　なんで？」

「わからないんですか⁉　わあ、ステーキ⁉　私って、高級なのね！　ってなるかい！　焼けるのはステーキじゃなくて会見です！」

そもそも、ステーキを女性の褒め言葉にするな。

「え？　ダメなん？　ほな、これはどうや？　Ｓサイズの陽菜子に飽きたんでＸＬの女性とお付き合いしたくなりました！」

「はい、終了！　大爆発、大火事！　今度は直接的に女性の容姿に対するセクハラ発言になっとるやないかい！」

勢いで私まで関西弁で突っこんでしまった。そんな私を社長がじっと見ている。ヤバい、さすがに社長を怒らせたか。

「おまえ、ツッコミ行けるな。謝罪会見より新喜劇の舞台に立ってみんか？」

……なんでやねん。

「ちょっと休憩しましょう」

冷静になろうと缶コーヒーを飲んで落ち着いた私たちだったが、依然として会見の方向性は決まらない。

「む、難しいもんやな。なら何て言えばええねん。出来心とか？」

「まあ、百歩譲ってそっちです。過去の謝罪会見でも、夫婦が元サヤに戻る会見では『出来心』という理由が圧倒的に多く使われてました。ただ、出来心にも理由が必要です」

「はあ？　出来心に理由もへったくれもないやろ？」

「いいえ。たとえば、すれ違い生活で寂《さび》しかったとか、夫婦ゲンカしてむしゃくしゃしていたところに魔が差した、とか。そういうのは誰にでも起こり得ることなので、理解されやすいみたいです」

「ふーん……。いやあ、せやけど、今回はどっちもないやろ。すれ違いもなんも陽菜子は門田を支えるために専業主婦になったわけやし、ふたりはケンカなんかしたことない、て聞いてるでぇ」

「そんなにラブラブなのに、いったいなんで……」

首をひねる私に温見さんが答えた。

「僕も事情を聞こうと思って連絡してみたんだけど、肝心の門田が電話に出ないんだよね」

「え？　連絡とれないんですか？　門田さん」

「今朝、門田から送られてきた僕宛てのＦＡＸで、陽菜子ちゃんにすべての通信ツールを取り上げられて自宅に監禁されてる、って」

「嘘……。門田さん、外出させてもらえないんだ……。仕事はどうするんですか？」

「僕も説得したんだけどね。門田が『今は陽菜の言う通りにしたい』って」

――そうなんだ。

それを聞いて切なくなった。陽菜子ちゃんはまだ門田ちゃんを愛してるんだ……。家に閉じこめて一歩も外に出したくないほどに。そして、門田ちゃんも、陽菜子ちゃんの言いなりになることで、自分の裏切りを少しでも償おうとしてる。たとえ、そのせいで自分の冠番組やレギュラーの座を失うことになったとしても。

「っていう切ないやりとりを、温見さん、FAXでしたんですか?」

「うん。他に方法がないからね。けど、それももう返事が来なくなっちゃって。こっちはもう、門田と同じランクの代理タレントをやりくりするのが大変で。イタタタタ……」

温見さんがお腹を押さえて背中を丸める。ストレスによる胃痛だろう。

「そうですかあ……。色々大変ですね、温見さん」

ふたりでしんみりしたが、荒田社長はドライに言った。

「門田のヤツ、どうせ料理研究家のオバハンに胃袋でも摑まれたんやろ。ま、どっちゃにしても、スキャンダルが発表されたら当分の間は謹慎や」

「そうなんですね……」

けど、私たちにできるのは門田ちゃんが一日も早くテレビに復帰できるよう、世間の炎上を最小限に抑え、これ以上印象を悪くしないことだ。

「とにかく、全力で謝罪会見をやりましょう」

自信はないけれど、ジャングル興業の看板芸人を守りたい、その一心だった。すると荒田社長が、

「ほんで？　他に何かこう、秘策みたいなもんはないの？」

とハードルを上げてくる。

「これといった秘策というのはないんですけど、とりあえず私が昨夜《ゆうべ》調べたことをもう少しお話しさせていただきますね」

そう前置きし、ノートのページをめくった。

「オハイオ州立大学の研究によると、許される謝罪会見の流れには六つの柱があるようです」

ほう、とまた荒田社長が前のめりになって私の書いてきたノートをのぞきこむ。

「まずは冒頭で後悔していることを述べ、謝ります。次に原因を説明し、責任を認めて謝ります。次に反省の弁を述べ、改善策を提示して、最後に赦《ゆる》しを請《こ》います」

「なんや、ほぼほぼ謝ってばっかりやねんなあ」

荒田社長がつまらなそうな顔をしてソファにふんぞり返った。

「謝罪するための会見ですから」

逆に謝らない謝罪会見ってなんだ。

「また、ペンシルベニア州立大学の研究によりますと、表情や態度でも反省を表すことが大切だとありました」

自分の口で効果的な謝罪の道筋やノウハウを説明しながらも、不安が募《つの》った。なぜなら、会見で誰もが知りたいであろうこと、つまり、浮気の原因をうまく説明する自信がない。百年にひとりの逸材と言われた可愛く献身的な妻がいるにもかかわらず、二回り近く年上の恰幅《かっぷく》のいい女性と浮気した理由がわからないのだ。

門田ちゃん本人が頑として村井栄子と交際した理由を言わない、そして今や連絡も取れないというのだから、もはや真実を知る術もないのだが……。

自分が腹落ちしてないのに、私が書いたシナリオで謝罪会見をやって世間は納得するのだろうか？　門田ちゃんを許してくれるのだろうか？

思わず溜め息をついてしまう。が、そんな不安を抱えつつもネットで調べたセオリーどおりに原稿を書き始めるしかなかった。

翌日の木曜日。

週刊凡春の発売日であるその日、オフィスは朝からザワザワしていた。

――え？　何？

門田ちゃんのスキャンダルについては社内の各部署に渉外部から事前告知があった。社員たちの動揺を抑え、外部からの問い合わせに対して穏便に回答するためだ。

それなのにザワついている。広報部の事務所に入ると、複合機の周りに上司や先輩が集まっていた。

「何かあったんですか？」

声をかけると、先輩のひとりが「光希ちゃん……」と絶句し、顔を曇らせた。彼女が手にしているFAX用紙には汚い手書きの文字で【門田、げっ歯類のくせに調子に乗んなよ。おまえなんか永遠に夢と魔法の王国から出てくんな】と殴り書きしてある。

うん？　夢と魔法の王国？　って、ディズニーランドのこと？　ディズニーランドにいる齧歯類《げっしるい》と言えば……あ！　ミッキーマウスか！　て、わかりにくいわ！

他の先輩が持っている紙には大きなフォントで【ジャングル興業、火ぃつけたろか】とある。

「う、嘘……」

そうしている間も、悪意に満ちたFAXが次々送信されてきていて複合機がフル稼働で門田ちゃんへの罵倒《ばとう》を吐き出し続けている。脅迫まがいのものも沢山あった。

そして壁の時計が、ボーン、ボーン、ボーン……と九時を告げた瞬間、オフィス内の電話が一斉になり始めた。

——Turururu……。Turururu……。

嫌な予感がして、顔を見合わせた先輩が青ざめている。

――でも、仕事の電話かもしれないし……。

恐る恐る受話器を取ると、

『門田出せや、おらぁ！』

「ひっ……！」

ヤクザみたいな口調でいきなり怒鳴られ、ビビって受話器を手から落としてしまった。

業務時間外を告げる自動音声が解除されてつながるようになった途端、門田ちゃんのW不倫の記事を読んだ人たちから抗議の電話が殺到し始めたのだ。

急いで確認したネットにも門田ちゃんに対する非難コメントが溢れて大炎上している。

――ど、どうしよ……。ここまでひどいことになるなんて……。

門田ちゃんのイメージダウンは私の想像を遥《はる》かに超えていた。

「どうしよ……！」

居てもたってもいられなくなって飛びこんだ社長室の中、落ち着きのない熊《くま》みたいに歩き回っている荒田社長の顔面は蒼白《そうはく》だ。

「アカン。もうアカン。このままでは門田の芸人生命が終わってまうわ」

「どどどどうしましょうか」

社長の後ろを小熊のようについて歩く温見さんもオロオロしている。

「おお。篠原君。ちょうどええところに来た。今すぐ貸会議室の予約してくれるか。会見や。一刻も早う謝罪会見やるしかない」

「わ、わかりました。いつですか?」

スマホを出して、このビルの管理会社に電話をかけながら訊《き》いた。

「いつでもええ。とにかく直近で会場が空いてる日ぃや!」

「え? 直近? あ、え、えっと。ジャングル興業の篠原と申します。会議室の予約をしたいんですが……。はい。最短で」

同じビル内の貸会議室が空いている一番早い日時を確認した。

「金曜日の昼イチだそうです」

「よっしゃ、それでいこ。すぐマスコミ各社にリリースや!」

荒田社長に言われるがまま貸会議室を予約し、謝罪会見の日時をテレビ局や出版社に告知しようとしたのだが……。

「でも、金曜日って、明日ですよ?」

「いやいや、まだ、二十四時間以上あるんやで? その間にもっと大火事になるかもしれへん」

珍しく荒田社長が焦っているように見えた。温見さんも顔色が悪い。

「温見さん、大丈夫ですか? まだ胃が痛むんですか?」

「いや、胃も痛いけど、ずっと下痢で」

ストレスでお腹を壊してるのだと思うと、気の弱い温見さんの重圧を少しでも軽くしてあげたくなる。

「私も同席してフォローしますから」

なんとか勇気づけようとしたのだが、温見さんの表情は晴れず、

「って言っても、事態は想像以上に悪化してるし、光希ちゃんじゃあなぁ……」

と戦力外だと言わんばかりの発言をされてしまった。

——た、確かに謝罪会見の経験値はゼロですけど。

結局、門田ちゃん本人から全く話が聞けないという状況の中、ひたすらネットで得た知識だけを頼りに謝罪の基本に忠実な原稿を書き上げ、明日の会見に備えた。


そして、ばたばたと迎えた謝罪会見当日……。

門田ちゃんの代理を務める温見さんが、おずおずと社長室に姿を現した。

「こ、これでいいですか？」

昨日、荒田社長に指示され、温見さんは高級そうなスーツにブランド物らしきネクタイを締めている。

「おおー！　馬子にも衣裳《いしょう》やないかい」

社長はご満悦だった。そして、自分の手首から外したごついロレックスを温見さんの年季の入った国産腕時計と取り換え、

「せやせや。これでええ。とにかく記者どもにナメられたらアカン」

と豪快に笑う。社長は会見の日を迎えたことで、少し余裕を取り戻しているように見えた。

――けど、高級スーツもブランド物も、温見さんには似合わないような気が……。

荒田社長がご満悦なので、この違和感を口から出せない。

「ほ、ほんとに僕でいいんでしょうか？」

なすがままにされながら、不安そうな顔を見せる温見さんに荒田社長が耳打ちした。

「ええか、温見。ビシッとしてる男が頭を下げるからこそ値打ちがあるんやで。堂々と受け答えして、それでもアカンかったら土下座でも何でもしたれ。頭下げるんはタダや、なんぼでも下げたれ」

「そ、そうですね。粘《ねば》って粘って、最後の最後は土下座ですよね。うん、それしかない」

温見さんの目は虚《うつ》ろになり、荒田社長から言われたことを口の中で繰り返している。

「ぬ、温見さん。大丈夫ですか？　自分の言葉で喋ってもいいんですよ？　社長の作戦どおりじゃなくてもいいし、私のシナリオどおりじゃなくても大丈夫です。誠意さえあれば、きっと伝わりますから」

そう声をかけたが、温見さんの目は私を見ていなかった。心がどこか遠くへ行ってしまっている感じがする。

「温見さん……」

もう一度、ちゃんと打ち合わせをしたいと思ったけれど、そこに広報の先輩が現れて、

「そろそろ会見の時間です」

と、告げた。

「よっしゃ、堂々と行って、堂々と火ぃ消してこい！」

荒田社長の号令で、温見さんと一緒にビルの最上階にある貸会議室へと向かった。

——門田ちゃんを守らなきゃ。

私は必死で自分を奮い立たせ、エレベーターに乗りこんだ。心の準備をする暇もなく最上階に到着。責任感だけで、貸会議室の前に立っていた。隣に立つ温見さんの手が震えているのがわかる。

「い、行きましょう、温見さん」

「う、うん」

温見さんが震える手で会議室のドアを開けた瞬間、カシャカシャカシャ！　と、目が眩《くら》みそうなほどフラッシュが焚かれた。思わず目を瞑《つぶ》ってしまうほどの眩《まぶ》しさだ。

急に足が前に進まなくなった。

「光希ちゃん？」

既に会場に片方の足を踏み入れている温見さんが心配そうに私を振り返る。私が不安そうにしたら、繊細な温見さんはもっと怖気づいてしまうだろう。

「大丈夫です！」

無理に笑顔を作って意を決し、私も一緒に会場へと足を踏み入れた。

バシャバシャバシャ！　さらに大量のフラッシュにさらされた。それだけで足許がふらつき、自分が何か悪いことをして追い詰められているような錯覚を起こしてしまう。

——こ、怖い……。

自分の意思に反して震え始める足をどうすることもできず、卓上マイクが置かれている机までの距離がひどく遠く感じる。

——しっかりしなきゃ。こんなんじゃ、門田ちゃんを守れない。

光の洪水に圧倒されながらも、何とか記者団の前に立った。けれど、緊張のあまり目線が定まらず、記者の数も把握できない。

——たぶん、二十人以上はいる。いや、三十人かな……。四十人かも。

素早く会場を見渡して、またすぐ目を伏せてしまった。

——カボチャだ。目の前に広がっているのはカボチャ畑だ。

小学校の学芸会の時、担任の先生が教えてくれたおまじないを心の中で呟く。長閑《のどか》なカボチャ畑を想像しながら目を上げたのに、目の前にはハロウィンのジャック・オー・ランタンの群れが、ゆらゆら揺れながらこっちを睨んでいた。

――ダメだ！　やっぱ、怖い！

ぎゅっと目をつぶった時、温見さんが口を開いた。

「こ、こ、こ、このたびは弊社のタレント、も、ももも、門田久光様が皆に……あ、違った。門田久光が皆様に御迷惑と御心配をおかけしまして……」

その声は素っ頓狂にひっくり返っていた。

シャッター音とざわめき。会場の音がぐちゃぐちゃになって、耳鳴りのように聞こえる。一瞬だけ会場の反応を見るように沈黙した温見さんが、振り絞るような大声で、

「た、た、大変、申し訳ありませんでしたッ！」

と謝罪して頭を下げた。

――え？

温見さんと一緒に私も頭を下げるはずだった。が、温見さんのセリフがいくつか……いや、ほとんど飛んでしまって、うまく揃わなかった。

「も、申し訳ありませんでした！」

ワンテンポ遅れて私も温見さんと一緒に頭を下げた。

――1、2、3、4、5……。

カウントテンで頭を上げる練習をしていたのに、私が顔を上げてもまだ、温見さんは頭を下げ続けている。慌ててもう一度頭を下げた。そして、今度こそ温見さんが顔を上げる気配に注意して一緒に頭を上げ、用意されていた長机の前のパイプ椅子《いす》に並んで腰を下ろした。

――はぁ……。

入室して頭を下げただけなのに、もう額に脂汗が噴き出している。

しかも、膝が震えていた。座っているのに。どうにかしたくて、膝を叩いたり撫でたりしてみたが収まらない。そうこうしている間に記者からの質問が飛んできた。

「どうして門田さん本人は出てこないんですか?」

「荒田社長は?」

私たちでは相手にならないとでも言いたげな口調だ。

「こんな時は本人か、或《ある》いはせめて本人が所属する会社の代表が弁明すべきじゃないんですか? それぐらい大変なスキャンダルだと思うんですが、ジャングル興業さんにはその認識がないということですか?」

そう斬りこんできたのはWEBサーズデーの北条だった。ドヤ顔でこちらの返答を待つ北条に怒りが込み上げる。

――卑劣な謝罪コンサルの手先のくせに。

思わず拳を握りしめた。が、今は会見に集中しなければ、と気を取り直して返答する。

「ほ、本人はちょっと体調がすぐれず……。社長はどうしても手が離せない仕事がありまして……」

私は苦しい言い訳をした。

——結局、私も嘘をついてる……。この場を何とかするために。

自分自身に失望した。と、その時、ブーン、とポケットの中でスマホが震えた。

お気に入りに設定しておいたニュースサイトにコメントが付き始めたのをアラームが知らせているのだ。

予想どおりトップニュースは『今日ジャングル興業が謝罪会見、門田のW不倫で』という記事だ。白布で覆《おお》った長机の下でちらりと盗み見たツイッターやインスタには、ひどいコメントが並んでいる。

《ジャングル興業って誠意の欠片もない会社ですね。門田本人が出てこない意味がわからないんですけど》

《何？　あのハゲ散らかった情けなさ満載のお爺《じい》ちゃん。これって同情を買う作戦なの？　あの学生みたいな女子も何者？　ジャングル興業は再雇用のオジサンとバイトに謝罪会見やらせるような会社なんだね》

いや、温見さんはまだ定年になってないし、こう見えても私は正社員だ。言い返したいのは山々だが、ＳＮＳに対する弁解をここですることもできない。

山王丸総合研究所のロボット氷室のように会見前半で非難ツイートを投下するまでもなく、既にガンガン非難されている。

――これって、ある意味、成功してる？

ちらっとそんな気がしてきた。けれど、スキャンダルの火消しを図るためには、この空気を一気に変える材料が必要だ。そう。弘明社長の「お母ちゃん！」みたいな。

けれどそれは当事者がやるからこそ意味があるのであって、女子社員やマネージャーがキャラ変《へん》したところで誰の共感も得られないだろう。

――どうしよう……。どうしよう……。どうしよう……。

私があでもないこうでもないと策を考えている間も、記者の質問は続いている。

「どうして、門田さんはあんな可愛い奥さんがいるのに、不倫なんかしたんですか？」

「そ、それは出来心というか……」

温見さんが唯一無二の浮気理由を答えた。途端に会見場がザワつく。

そして、しばらくしてまたスマホが震えた。メッセージが入っている。広報部の先輩からだ。

《緊急事態発生！　すぐ電話して！》

――え？　今？　謝罪会見中だってことは先輩たちもわかってるはずなのに。

温見さんが苦しそうに言い訳をしている隙に、私はゆっくりゆっくり椅子からずり落ちるようにして床にしゃがみ、登録している先輩の番号をタップした。
「し、篠原ですけど……、今、まだ会見中で……」
『光希ちゃん！　やめて！　今すぐ、会見、ストップして！　ビルの下に陽菜子ファンクラブの怖い人たちが集結してるって、さっき警備の人から連絡あって！　今やってる謝罪会見、明らかに逆効果だよ！』
「嘘……」
呆然《ぼうぜん》として手元のネットニュースを見ると、コメントが爆発的に増えている。
《出来心？　はあ？　門田、ナメてんのか。氏ね！》
《許すまじ、門田！》
《陽菜が心配だ。俺の陽菜を泣かしたら殺してやる！》
《これじゃ陽菜子がカワイソすぎるだろ。これから門田、探しに行きます。見つけたら、ただじゃおかない》
《マジでムカつきます。門田もジャングル興業も。世間、ナメすぎですね。会社に火をつけてやりたいぐらいです》
長机の下で盗み見たコメントが過激さを増してきた。脅迫まがいのコメントが洪水のように溢れている。

——この会見のせいなの？

どうすればいいのかわからず、私はスマホを盗み見ておたおたするばかりだった。

そうしている間にもテレビ局やフライデーや凡春の記者たちが、

「どういう状況でその『出来心』が頭をもたげたんでしょうか？」

「百年にひとりと言われるアイドルを裏切るようなきっかけみたいなものが、ふたりの間にあったということですか？」

と、代わる代わる追及してくる。

——ヤバい。何とかしなきゃ。

慌てて椅子に座り直したものの何ひとつ答えられない。いや。これ以上答えようとするのは逆に危険かもしれない。じゃあ、どうすればいいの？　どうすれば、この会見を打ち切れるの？

何の解決策も見つからないままじりじりと焼かれるような焦りを感じていた時、突然、隣に座っていたはずの温見さんが消えた。いや、消えたのではなかった。いきなり椅子を降りて床に這いつくばったのだ。

「本当に、本当に申し訳ございませんでしたッ!!」

温見さんは記者からは見えづらい長机の後ろで土下座していた。粘りに粘って、それでもダメだったらやるはずだった最後の手段をもう実行してしまった。まだ会見は始まったばかりだというのに。

「え？　もう？」

と、私は声を上げそうになった。いや、上げてしまった。しかも、温見さんが長机の後方、記者団のカメラからは見えにくい死角に入ったせいで、私ひとりが会見場に取り残されているような恰好だ。

――は……はわわ……。

照明に照らされているのが私ひとりになっても、記者たちは追及の手を緩めない。

「門田さんはどこにいるんですか？　本人から釈明すべきでしょ？　陽菜子さんのファンのためにも」

私があたふたしているうちに、記者の口からついに恐れていたワード『陽菜子ファン』が飛び出した。

――ヤバい……。もし、下に集まってる熱烈な陽菜子ファンがこの会見をスマホか何かで見てたら……。いったい、何て答えれば納得してもらえるのか……。

回答次第では大変なことになる。

焦るばかりで何ひとつ答えが浮かばない。思えば、原稿にも謝罪の言葉を並べただけだった。不祥事が起きた理由やそこに至るまでの経緯、これからの展望は何も書いてなかった。いや、書けなかった。

——こんな状況で私が下手なことを言えば、門田ちゃんや会社に被害が及ぶ。そんな責任、私には取れない。

自分の発言が会社のすべてを背負っているような、強烈な恐怖に襲われた。今すぐここから消えてなくなりたい。逃げ出したくなる自分を必死で抑えつけて、何とかその場に踏みとどまっていた。が、手足が氷のように冷たくなってきて、ふーっと意識が遠のきかける。

その時、土下座していた温見さんが突然立ちあがった。

「す、すみません！　もう時間なので、会見はこれで終わります！」

私は温見さんが発した会見の打ち切り宣言に、涙が出そうなほどホッとした。

しかし、「は？　まだ始まって十五分ですよ？」と、席を立とうとした私にWEBサーズデーの記者、北条の声が迫る。

「と、とにかく仕切り直し！　仕切り直し、させてください！」

温見さんが叫ぶような声を上げ、逃げるように会場を出ていこうとした。

「あ、待って……！」

私も慌てて温見さんの後を追いかけようとした。ところが、焦りすぎて足がもつれた。

「わあッ！」

前のめりになって温見さんの背中を突き飛ばすような恰好になりながら、廊下に転がり出た。

「イタタタタタ……」

温見さんも私も、リノリウムの床に倒れていた。すみません、と温見さんに謝った途端、安堵《あんど》と後悔が入り混じった涙が零《こぼ》れる。戦場のような場所から逃げ出せてホッとしたのと、門田ちゃんを守るどころかさらに状況を悪化させてしまった罪悪感から流れた涙だった。

——何がいけなかったの？　誠意を尽くした謝罪会見になるはずだったのに。

不意に、『誠意？』と皮肉な表情を浮かべて冷笑する山王丸の顔が脳裏をよぎった。

くやしくて、悲しくて、すぐには立ち上がれなかった。

第2章

1

自分の無力さを思い知った。

会見直後からジャングル興業に対する嫌がらせの電話や門田ちゃん宛ての脅迫メールが増え続け、とどまるところを知らない。

私は定時になって電話が業務時間外を告げる自動音声に切り替わるまでずっと、苦情対応に追われた。受話器に向かい、「すみません」「すみません」と会見のまずさを何百回謝ったかわからない。

幸か不幸か、謝罪会見の翌日は土曜日だった。

自己嫌悪に苛《さいな》まれながらずっと家にこもり、気づけば門田ちゃんに関する情報ばかりをチェックしていた。

案の定、週末のワイドショーは門田ちゃんのW不倫の話題で持ち切りだった。ほとんどの番組が私と温見さんの無様《ぶざま》な会見の様子を放送している。

――ぎゃ～ッ！　やめて～ッ!!

その映像を見るたびに、あの時の恐怖、情けなさ、そして羞恥心《しゅうちしん》が甦る。それでも見ずにはいられない。悪口が書いてあるのがわかっているのに、検索せずにはいられないエゴサーチのようなものだ。

自分の顔がアップになると、「ひ～ッ！」と声を上げてテレビの前からベッドへと飛びのき、頭から毛布をかぶって恐る恐る画面をのぞき見るという奇行を繰り返していた。

SNSも大炎上だった。ネットニュースには批判的なコメントが止まらない。自分が至らないばかりに門田ちゃんへの非難がさらに強まったと思うと、申し訳なさでいっぱいになる。

毛布に潜っている私の耳に、ふと山王丸の言葉が甦った。

『人の怒りは六秒我慢すればピークを過ぎるなんていう説もありますが、あんなものは学術的な根拠のない嘘っぱち、都市伝説みたいなものです』

その時初めて、山王丸が言ったことは真実だと思った。人の怒りというものはこんなにも長く持続するものなんだ。

しかも、凡春は次の号で陽菜子ちゃんが泣き崩れている写真を用意していると、荒田社長が言っていた。今でもこれだけ炎上しているのに、そんな写真が陽菜子ファンの目に触れたら……。

どうすれば、世間が門田ちゃんの裏切りを許してくれるのか、必死で考えた。毛布の中で頭を抱える私の鼓膜にまた山王丸の声が響いた。

『許されない土下座には一円の価値もない』

本当にその通りだ……。

私は謝罪というものをナメていたかも知れない。

猛省しかなかった土日を家の中で過ごした私は、月曜日、自分から社長室に赴いた。

「社長！　もうプロに頼むしかありません！」

先日の主張を撤回するのには勇気が要った。けれど、このままでは門田ちゃんも会社も危険にさらされる。

「せやけどなあ……」

役員用の執務机の向こう、肘掛《ひじか》けのあるチェアに座っている荒田社長は考えこむように腕組みをし、重々しく唸《うな》る。

「もう選択の余地はありませんって！　木曜日が次の週刊凡春の発売日なんですよね？週刊誌に陽菜子ちゃんの泣き顔が載るんですよね？　今でも殺害予告みたいなものがネッ

トに溢れてるのに、このままじゃ絶対、ヤバいですよ」

「そらそうやけど。金額もさることながら、一円の値引きもないっちゅうのが気に入らへん」

「は？　この期に及んで、まだディスカウントにこだわってるんですか？」

「あったりまえやろ。大阪人はなあ、『サービス』とか『お得感』に弱いんや。しょーもない飴ちゃん一個でもつけてくれたら、そんで気分が良うなるねん」

「あ、飴ちゃん一個でも……ですか？」

生まれも育ちも東京都の私は、大阪の人はそういうものなのか、と文化の違いに愕然《がくぜん》とする。

「わかりました。何とか飴ちゃん一個でももらえるよう、山王丸さんに頼んでみます」

「冗談やがな。ま、ええわ。コンサルへの出費は痛いが、このまま門田が出演できへん状況が続くんも、うちとしては大打撃や」

しゃーない、と膝のあたりを叩いた荒田社長が立ち上がる。

「ほなら、ちょっくら頼みに行くか、山王丸に」

「はい！　お供させてください！」

社長がやっとコンサル料を捻出《ねんしゅつ》する気になってくれたことにホッとした。ただ、『ビタ一文、値引きは致しません』と断言したあの山王丸のことだ。飴ちゃん一個すらくれない可能性もある。最悪の事態に備え、会社の近くのコンビニでキャンディを一袋、買った。

2

ビルの前をウロウロしているマスコミ関係者の目を避け、裏口に待たせたタクシーの助手席に乗りこんだ。が、後部座席に乗っているのは荒田社長だけだった。

「あれ？　温見さんは来ないんですか？」

「温見は体調不良、ストレス性胃炎や。あれしきのことで」

つっけんどんに返事をした荒田社長は、発車してからずっと電卓を叩いている。

「やっぱり高いわー。高すぎるわー」

と嘆きながら。

何が高いのか、主語は決して口にしないのだが、それが山王丸のコンサル料だということは言わなくてもわかっている。ついには、

「一千三百二十万円、一千三百二十万円」

とまた念仏のように見積《みつもり》金額を唱え始め、私は何だか居たたまれなかった。

西新宿に着くまでのわずか十分ほどの間に、快晴だった空が一転。にわかに掻き曇り、

厚い雲が垂れこめ始める。――不吉だ……。

「お疲れ様です。こちらへどうぞ」

前回と同じように事務所から氷室が出てきた。そして、お帰りはこちらです、と言った時の記憶はリセットされたかのような慇懃《いんぎん》な態度で、私たちを二階へと案内する。

前回と同じミーティングルームに通され、前回と同じように高温の緑茶が供された。

「どうも。所長の山王丸です」

これまた初対面のような顔をして現れた山王丸がパチンと指を鳴らすと、見積金額がスクリーンに映写された。

すべてがデジャヴのように前回と同じ。が、スクリーンに映し出されている金額だけが違っていた。

「「ええーっ！　二千四百万円ッ？」」

山王丸が前回よりも一千万以上高い見積もりを提示してきて、私と荒田社長の悲鳴がハモって、二階フロアの天井に響き渡った。

「帰るで」

すぐさま荒田社長が立ち上がる。けれど、私は食い下がった。

「確かにお高くなることも多々ありますとはおっしゃってましたけど、どうして前回の見積もりに一千万円以上も上乗せになってるんでしょうか？」

「あの時より事態が悪化しているからに決まってるじゃないですか」

と、山王丸は当たり前のように言う。

「で、でも……。だからって、一千万も値上げするなんて……」

「ジャングル興業が自力で行った記者会見は、炎上している世間の怒りに新たな燃料を注ぎこんだ。ここからの形勢逆転はそれなりに骨が折れる」

つまり私のせい？　思わず自分の人差し指で自分の顔を指さしていた。山王丸が深くうなずく。

「あ、あの……。さらに炎上していることは認めます。けど、もうちょっと何とかならないでしょうか？　一千三百二十万円でも、社長は清水の舞台から飛び降りる覚悟で用意する気になったんですよ？」

私はソファに留まり、顔に薄い笑みを貼りつけたままの山王丸に訴えた。

「お願いします！　何とか最初の値段で！」

頭を深々と下げ、数秒してから恐る恐る視線を上げて見た山王丸の口許が、一瞬だけ綻《ほころ》んだように見えた。が、私の方を見て、いきなり「おまえ」と呼び、勝ち誇ったように言い放った。

「ディスカウントを頼む前に何か言うことはないのか」

その嫌味な顔に、前回、自分が彼の謝罪会見を罵《ののし》ったことを思い出させられる。不本意だが、あの時の自分の態度を謝るしかない。前回の金額でこの依頼を請け負ってもらうためにも……。

「く……。こ、この前は、本当に……申し訳ありませんでした……」

くやしさをこらえて頭を下げたのに、返ってきたのは嘲笑《あざわら》うような声だった。

「誠意が感じられない」

「え？」

「口先だけの謝罪など意味がないと言っているんだ」

「そ、そんなこと言われても……。土下座でもしろって言うんですか？」

「言っただろう。許されない土下座には一円の価値もないと」

「じゃあ、どうすれば許してもらえるんですか？」

必死に尋ねる私を見て、山王丸がふっとシニカルに笑った。

「今、どんな気持ちだ？　自分がやったことは悪いことだとわかっていても、理不尽で辛《つら》いと思ってるだろう」

自分の心中を言い当てられ、唇を噛んだ。

「はい……」

「それが謝罪させられる者の気持ちだ」

私はくやしさを押し殺して聞いた。

「教えてください。私はどうすれば許されるんですか？」

「簡単だ。口先ではなく、自分のミスを補うだけのものを差し出せばいい」

「ミスを補うだけのもの……。それっていったい……」

「何の取り柄もなさそうなおまえの場合は体を売るしかない」

「は？　体？」

身の危険を感じ、思わず自分の両腕で胸のあたりを隠す。それを見た山王丸はニヤリと笑った。

「おまえのミスで上乗せになった金額の分だけここで働け」

「あ、体って、そういう意味か。紛らわしい言い方しないでください」

あらぬ想像をした自分に赤面する。

「そのギャラをジャングル興業のコンサル料に充ててもいい」

「ほんとですか⁉」

荒田社長が最初の見積もりの二倍近い金額を出してくれるとは思えないし、見積金額が跳ね上がってしまった一因は私にある。――こんなことになったのは、自分たちでやりきるなんて軽々しく言ってしまった私のせいだから。

「わかりました！　雑用でも何でもしますから、門田さんの会見をお願いします！」

頭を下げて頼んだ。

「いいだろう。ただし、仕切るのは俺ではない」

「は？　じゃあ、誰が……」

山王丸がこちらを指さした。周囲を見回しても、後ろを振り返って、誰もいない。

「それも私がやるんですかッ？」

「そう。先週の金曜日にやったアレを、おまえ自身がもう一回やる。そして、成功したら最初の見積金額で構わない」

「………」

タダで働かせる上に、会見も自分でやらせて、うまくいったら元の金額である一千三百二十万円で許してやるなんて、どこまで上から目線なのだろうか。

「けど……。私はジャングル興業の社員です。他の職場で働くなんて……」

しかも、会見では大失態を演じている。次回はうまくやる、なんて自信は全くない。

自分の一存で答えることができず、扉の前で立ち止まっている荒田社長に目をやる。すると、社長はすごい勢いでソファに戻ってきた。

「山王丸はん、おおきに！　篠原君、完璧なシナリオを書いてもらって、山王丸先生からしっかり御指導を受けて、先生のおっしゃる通りの謝罪会見に取り組みなさい」

初めて見る爽《さわ》やかな笑顔だった。たぶん、一千とんで八十万円分の。

「けど……。も、もし、うまくいかなかったらどうなるんですか？」

失敗の記憶が生々しく甦る。温見さんを突き飛ばしながら会見場を飛び出した記憶だ。

「もちろん、コンサル料を上乗せさせてもらいます。最終的に私が全力で仕切り直しをせざるを得なくなりますから」

「そ、そんな……」

泣きそうになりながら、再び荒田社長を見る。

「頼んだでぇ、篠原君。が・ん・ば。死・ぬ・気・で」

女子高生のような可愛いガッツポーズを残し、荒田社長が去っていった。

3

「コーヒー」

山王丸が命じるように言った。ミーティングルームに置き去りにされた私に。

「は?」

キョトンとしてしまった私を、氷室が「こちらへ」と促《うなが》した。その横顔はどこか納得がいかないような表情に見えた。私がここで働くことになったのが気に入らないのだろうか?

不安になる私を、氷室は豪華なフロアの奥にある清潔感漂うキッチンへと案内した。

「山王丸先生が『コーヒー』と言われたら、ブラジルとマンデリン、それにコピルアクを同量。その都度、豆を挽《ひ》いて一杯分ずつネルドリップしてください」

氷室がすらすら暗唱したのがレシピだということは何となくわかった。けれど、半分以上が理解できない。

「も、もう一回、お願いします」

今度はしっかりノートを出してメモした。

氷室は冷凍庫にストックされているコーヒーの缶を三つ取り出した。私はそれらの缶のラベルをスマホのカメラで撮り、氷室のさじ加減をメモする。

コーヒー一杯いれるのに、こんなルールがあるのか……。

「あの……。いくら雑用とは言え、私に山王丸さんのアシスタントが務《つと》まるんでしょうか？」

彼の機械のように早くて正確な動きを見ていて不安になってきた。

「無理でしょうね」

氷室に短く返された。

「は？」

「その理由は僕とあなたが対極にあるからです」

「対極……」

わけがわからないまま、その言葉を反芻《はんすう》する。

「僕は優秀です」

「…………」

この流れで自分は優秀だと断言されて絶句してしまった。その対極にいる私は？　と。

「僕の頭脳は留学先のハーバードでも『東洋の至宝』と呼ばれていました」

「はあ……」

相槌《あいづち》も怪訝なトーンになってしまう。何、これ？　今から壮大でグローバルな自慢話が始まるのだろうか、と。

「僕はハーバードを卒業後、マサチューセッツ工科大学の大学院に進み、博士号をとった後、研究室に残って一年ほど数学の研究をしました。が、教授のミスを指摘しただけで永久追放されてしまいました。仕方なく、世界的なIT企業に就職したのですが、上司よりも早く結果を出す方法を提案したら、一日中、新聞を切り抜くだけの部署に回されました」

——自慢なの？　それとも辛い経験なの？　どっち？　どっち、どっち？

抑揚のない声で自分の経歴を語る氷室の手はアンティークなミルのハンドルを超高速で回し、あっという間にコーヒー豆を挽き終わる。

「けれど、山王丸先生だけは僕の能力を正当に評価してくれています。言動に躊躇《ためら》いや迷いがないところが素晴らしいと。それに引き換え、あなたは感情的だ。言動もブレていて一貫性がない。先生に依頼するのを断ったり、また頼みに来たり」

そういう『対極』か。たしかに私のやってることはブレている、と納得してしまった。

そして氷室は真顔で言った。いや、初対面の時から彼はずっと真顔なんだけれども。

「僕は明日から長期休暇を取ります」

「え？　氷室さん、いなくなっちゃうんですか？」

ひとりで山王丸のアシスタントをやらなければならないと思うと不安しかない。

「あなたは僕がいない間の雑用係であり、今回の依頼は先生にとって単なる暇つぶしです」

「雑用係はわかりますけど、依頼が暇つぶしって……」

「謝罪会見は先生にとって最高の娯楽なんです」

「謝罪会見が……娯楽……」

わけがわからず、おうむ返しに呟く。

「ですが、依頼に関するリサーチや情報分析を担当している僕が不在の間は、請け負える仕事が激減します。だから僕が休暇を取りたいと言った瞬間から先生はずっと『暇になる』『退屈になる』『死にそうだ』と文句を言い続けていました。ですが、ここに来て恰好の暇つぶしが舞いこんできたわけです。つまり、逆転が不可能と思えるほど大炎上しているジャングル興業の会見を、ポテンシャルの低いポンコツ人材が行うという無理ゲー。逆転不可、勝てる見込みのない会見を自分のシナリオの力だけで成功させる。これは先生にとって、最高の退屈しのぎでしょう」

相手は東洋の至宝だ。この際、ポテンシャルが低いとかポンコツ人材とか言われたことはスルーしよう。

「退屈しのぎって……。私にとってずっと心に重くのし掛かってる大変な案件なんですけど」

語気が強くなってしまいそうになるのをグッとこらえた。『感情的』にならないように。

そんな私の目の前で氷室は挽き立ての豆を素早くドリッパーに移し、口の長いポットで一気にお湯を注ぐ。

――え？　沸騰したてのお湯を、そんなに勢いよく？

「ただ……。先生にとって、これは単なる暇つぶしですが、失敗したら取り返しのつかないことになりますよ？」

氷室は淡々と語っているが、案の定、あまりにも沢山のお湯を一度に注いだせいで、コーヒー豆がドリッパーから溢れ出し、下のサーバーや流し台にも流出した。

「と、取り返しがつかないとは、どういう……？　アッツ、アッツ！」

コーヒー豆が溢れても全く動じない氷室の代わりに、慌てて布巾《ふきん》で流しを拭きながら聞き返す。

そしてドロドロになったサーバーから、たぶんアツアツだろうと思われるコーヒーがカップに注ぎこまれた。

「では、運んでください」

氷室が涼しい顔をしてコーヒーカップをトレイに載せ、私に差し出す。

「わ、わかりました。で、さっきの取り返しがつかないことというのはどういう……」

「下の事務所にもキッチンがありますが、あちらの戸棚の扉は壊れているので気をつけてください」

「わかりました。で、取り返しがつかないというのは……」

「では、後はよろしく」

「あ、ちょっと……」

呼び止めようとしたが振り向きもしない。会見に失敗したらどうなるのかは教えてもらえないままトレイを受け取ると、氷室はそのままキッチンを出てフロアの奥にある扉の向こうへと消えた。

——もはや、不安しかない。

いや、失敗した時のことを考えるのはやめよう。それでなくても、成功のイメトレさえ難しい今の私だ。

フロアに戻ると、山王丸はもうミーティングルームから事務スペースに移動していた。私は立派な執務机で新聞を眺めている山王丸の前に氷室がいれたコーヒーを置いた。すぐに、バタン、とロッカーを締めるような音がして再び氷室が現れる。

「それでは山王丸先生。僕はこれで」

軽く会釈をした氷室は、本格的な山登りの装備をしている。

「氷室さん、山登りですか？　いいですねえ、春山」

「ええ。これから空港へ直行して、エベレストにアタックをかけてきます」

「はい？」

そのあたりの映画館に行くようなノリでエベレストに登ると言った氷室が「これを置いていきます」とタブレットを残して去っていった。

と同時に山王丸が「それでは早速始めよう」と立ち上がる。

「え？」

「ぼやっとするな、まずは反省会だ」

世界最高峰の頂きに無表情で立っている氷室を想像してポカンとしている私に、山王丸が苛立たしげに言った。

「あ、は、はい！」

山王丸が窓際にあるラウンドテーブルの方へ移動した。私も彼の向かいのスツールに座り、急いでノートを開く。

「おまえが仕切った門田の謝罪会見は実に面白かった」

「お、面白い？」

私自身には恐怖の記憶しかない。

「十回見て、十回笑った。物心がついて以来、あんなに笑ったのは初めてだ」

こっちは死ぬほど緊張し、かつてないほどの恐怖に襲われたというのに。

「コメディとしては最高だったが、謝罪会見としては最低だった。どこがダメだったかわかるか」

「えっと……」

考えこむ私に山王丸が「最初から最後まで全部だ」と吐き捨てた。――じゃあ、どこが、って聞くなよ。

「おまえは難破船に乗ったんだよ」

「難破船？」

「会見を仕切る側に目的地、つまり謝罪の着地点が見えていなかった。海図を持たない難破船と同じだ」

「着地点……」

「謝罪会見をやったからと言って、無傷で終わることは不可能に近い。だから会見には落としどころを決めて臨まなくてはならない。その落としどころが着地点、つまり港を出航した船が目指す目的地だ」

なるほど、とうなずいて私はノートに『ナンパ船』と書きこんだ。

「最初はどんなに難航しても構わない。どこかのタイミングで風向きが変わり、見る者が強いカタルシスを受けるようなターニングポイントさえあれば。だがそのターニングポイントは、当事者の話から探るしかない」

「当事者から話を聞かなきゃいけないとは思ってました。けど、どうしても門田さんと連絡が取れなかったんです」

「だから、最初から最後までグダグダの座礁会見になった」

「ざ、座礁……。そうかもしれません。けど、私なりに一生懸命やったんです！　情報がないから、ひたすら謝るしかない状況だったんです！」

必死で当時の状況を訴えたのだが、「謝罪コンサルにとって、結果を伴わない一生懸命には意味がない。無価値だ」と斬り捨てられた。

「演出も史上最悪。温見の服装は大間違いだ。時と場合、謝罪するキャラにもよるが、一般的には謝る人間に高級スーツやブランド物はタブーだ。反感を買う。基本的に時計もNGだ」

「時計もですか？」

「時計をしていると、ついつい目が行く。それを見た者は『こんな時に時間を気にしてるのか』とか『早く終わらせたいと思ってるのか』と思うだろ」

荒田社長が記者にナメられてはいけないと言ってすべてコーディネートしたのだが、今となっては「はあ……」と項垂れるしかない。

「そして、最後の土下座はなんだ。あんないかにも弱々しいキャラが土下座したところで逆効果もいいところだ。ああいうタイプはむしろ、情けない泣き顔を作ってアイコンタクトで攻めるべきだった」

「そ、そうなんですか？」

もうノートを取るのも忘れ、山王丸の解説に聞き入った。

「脳科学の見地から言えば、アイコンタクトは謝罪における重要なファクターだ。目線が合うのと合わないのとでは、腹側線条体の活性化に差が生じる」

「ふ、ふくそく？」

「脳の報酬系の一部だ」

「全くわかりません」

私が正直に白状すると、山王丸は深い溜め息をついた。そして説明を諦めた様子で私にもわかるような平易な言葉で説明した。

「とにかく、一番大切なことは当事者である門田の真意を探ることだった。関係者の言葉を聞かずして海図が描けるはずがない、ということだ」

「それはよくわかりました。けど、門田さんは今も軟禁状態なんです。連絡がとれるツールも奥さんに取り上げられてるらしくて。そんな時はどうすればよかったんですか？」

「もう一人いるじゃないか、事情を知る関係者が。陽菜子にアプローチすればいい」

「どうやって？」

「俺を誰だと思ってるんだ？」

「は？」

私がポカンと聞き返したのと同時に、氷室が執務机の上に置いていったタブレットがブン、と震えた。

立ち上がってみると、タブレットの画面にメール着信の通知が届いている。

「あれ？　メール送信者のアドレス、Hinako103M？　まさか……」

山王丸がパチンと指を鳴らした。

「陽菜子本人から連絡がきたようだな」

「ど、どうして……」

「隣り組103のプロデューサーが酔っぱらって暴力事件を起こした時の謝罪会見を仕切ってやったことがある。そのプロデューサーの紹介ルートで連絡がくるのは想定内だ」

「マジですか……」

もはや山王丸がどの炎上会見を収めていても驚かない。

「で？　メールには何と書いてある？」

急いでタブレットを手に取り、メールを読み上げた。

「明日……。門田さんをここに来させるそうです」

つまり、陽菜子ちゃんも夫のスキャンダルをどうにかしてあげたいと思っているということだ。

「門田さんに裏切られたのに……」

陽菜子ちゃん、なんて優しい子なの？　彼女の情の深さに涙が出そうになった。

感動に打ち震えている私を無視して、山王丸が「よし」と満足げに手を打った。

「材料はそろった。門田の事情聴取は俺がやる。光希。おまえは門田の記者会見用の衣裳を用意しろ」

既に『光希』と呼び捨てにされていることはこの際スルーしよう。

「門田さん本人を記者会見に引っ張り出すつもりですか？　この前、ご説明しましたが、ケガが治りきってないと思うので、ひどい顔をしてると思いますが」

荒田社長は頑なに本人を謝罪会見場に出すことには反対していたが……。

「確かに、門田を謝罪会見に出すことにはリスクがある」

「村井闘也の事務所に迷惑がかかるかもしれないというリスクですか？」

「いや、お笑い芸人がしょぼくれて頭を下げるのは後々の仕事に影響するというリスクだ。会見でのマジな顔がちらついて笑えなくなるからな。しかし、それも海図次第だ」

私は手を挙げて質問した。

「あの。この会見の着地点はどこなんですか？」

「陽菜子から連絡がきたということは、陽菜子の門田に対する気持ちは冷めていないということだ。それなら、おまえたちが座礁させた船の漂着点はひとつ。モトサヤだ」

山王丸は簡単に言うが、それで世間が納得するのだろうか？

「とにかく最短で衣裳をコーディネートしろ。なるべく早く記者会見を開く。門田の身の安全のためにもな」

「わかりました。でも、コーディネートって、どんな感じにすればいいんでしょうか？」

「この店に行け。行けばわかるようにしておく」

「わけわかりませんが、わかりました」

山王丸から渡されたショップのカードを持って私は事務所を飛び出した。

メトロで銀座まで行き、あとはスマホの地図アプリを頼りに指定されたブティックを探した。

「あった！」

その店は花椿《はなつばき》通りにあった。ショーウインドウに飾られているどこに着ていくのか想像もつかないゴージャスなイブニングドレスと重厚な大理石の店構えに圧倒される。私みたいな貧乏OLにはハードルが高い。それでも勇気を振り絞って高級ブティックに足を踏み入れた。

奥のレジでバービー人形のような金髪美女が自分の爪を眺めている。胸元が広く開いた濃いブルーのロングドレスが色っぽい。

気配を感じたらしく私をちらっと見た。

が、『いらっしゃいませ』の言葉さえ掛けてこない。客だと思われてないようだ。

「あ、あの……。山王丸総合研究所の者なんですが……」

そう言えばわかると言われてきたので、恐る恐るこちらから声を掛けると、バービーの表情がパッと輝き、凄い勢いでレジカウンターから飛び出してきた。

そして途中でつまずいたのか意図してなのかわからないが、大理石の上を横座りで滑《すべ》って入り口に立っている私の足許にひざまずいた。

思ったより肩幅が広く、遠目で見た時よりもガタイがいいことに気づく。

「山王丸先生のお遣いの方だったんですかッ？」

濃い睫毛を押し上げるようにして上目遣いに見上げるバービーの声は、明らかに男性のそれだった。そう。色っぽくゴージャスなバービーはオネエさんだった。

――見た目は私以上に女性なんだけどな……。

「は、はい。私、篠原光希といいます。山王丸……先生がここへ行けと……」

不本意ながら『先生』と呼ぶことにした。

「私はオーナーのロビンと申します。どうぞ、こちらへ」

立ち上がったロビンさんはドレスの裾《すそ》を軽く払ってから、私を店の奥へといざなった。

そして、真っ赤なジェルネイルをほどこした白い手がレジカウンターの後ろにある『STAFF ONLY』の扉を押す。

地下へ降りる階段が見えた。

「足許、気を付けてね」

ロビンさんは片手で私の手をとり、もう一方の手で階段の横に置かれた三本の蠟燭《ろうそく》が燃え盛る燭台《しょくだい》を取った。

古井戸のように、両側から石積みの壁が迫っている階段を慎重に降りる。

――ほとんどオペラ座の怪人の世界なんですけど。

恐る恐る降り立った地下には古いミシンがポツンと置かれ、大量の生地《きじ》がロールで積み上げられている。

上半身だけのマネキン、様々な体型のトルソーが並んでいた。

――こ、怖いんだけど。

間接照明が室内を照らしていたブティックとは異なり、蠟燭の灯《あか》りだけが輝く薄暗い部屋の中央に立って、ロビンさんは目を閉じ、白い指を組んだ。

「あたしはお針子時代のココ＝シャネル。地位も名誉も富もない。けど、自分の才能だけを信じてる女の子」

自分自身に言い聞かせるようにウンウンと呟いた後、彼女？　は艶やかなブロンドを手早くふたつにわけて三つ編みにした。そして、メイドのようなサロンエプロンを装着しつつ、私に尋ねる。

「で、あなた、スリーサイズは？」

お芝居を見るような気持ちでロビンさんを見つめていた私はハッと我に返った。

「は？　私の？　え、えっと……。上から85・57・88です！」

「嘘つくんじゃないわよ！」

一瞬で見破られた。

「う……。78・63・80……です……」

本当のサイズを白状すると、ロビンさんは「ハア……」と深い溜め息をつき、「まあ、いいわ。じゃ、脱いで」と迫る。

「え？　ぬ、脱ぐ？　今、ここで、ですか？」

「何、躊躇ってんの？　スーパーモデルだって、バックステージでは素《す》っ裸《ぱだか》なのよ？」

「い、いや、それはモデルさんだからであって、私はただのＯＬ……」

「四の五の言わずに脱げーッ!!」

ロビンさんの迫力に圧倒され、ブラウスとスカートを脱ぎ、意を決してキャミソールの肩紐《かたひも》に指を掛けた時、「それ以上脱いでどうすんのよ」と止められた。

「え？　だって、スーパーモデルはバックステージでマッパだってさっきロビンさんが……」

「は？　78・63・80のスーパーモデルがいるわけないじゃないの。あんた、何言ってんの？」

「…………」

絶句する私の胸元にロビンさんが光沢のある布を当てて眺める。それでピンと来た。私の衣裳も作ってくれるんだ、と。そして、改めて、またマスコミのカメラの前に立つのだと思い知らされて緊張する。

そうしているうちにロビンさんは多種多様にある布の中から光沢のある純白のシルクと、薄紅色の繊細なレースを選び出した。

「うわぁ……。なんて綺麗な生地……」

うっとりしている間に、ロビンさんは手際よくシルクを裁断し、私の体に巻きつけ始める。

「ちょっと、光希ちゃん！　ここ、持ってて！」

「はい！」

「次はこっち、押さえて！」

「はい！」

ロビンさんは魔法使いのような手際の良さで布に襞《ひだ》を寄せたり伸ばしたりしながら待ち針を打ち、美しいドレスを立体的に作り上げていく。

「すごい……。めちゃくちゃ可愛い」

仮縫い状態だが、鏡に映った自分の姿に見惚《みほ》れてしまった。──これがほんとに私？

「まだまだ！　これからよ。レースとリボンで飾って、パールを縫い付けるの」

「ふわぁ……！」

想像するだけでうっとりする。

メイクも髪型も変わったわけではないのに、リボンとレースがふんだんにあしらわれたシルクのミニドレスをまとっただけで顔つきまで変わって見える。その後、サテン生地で小さなリボンを作ったり、金糸に真珠を通したりするのを手伝った。

「あんた、熊より不器用ね」

と罵られながら。

それから三時間あまり。すべてのリボンと真珠がドレスに縫い付けられた。

「やったあー！　完成！」

「きゃーっ！　やだ、可愛い！」

気が付けば、私は再び夢のようなミニドレスを着て、小躍りしながらロビンさんと抱き合っていた。

「でも……、ちょっと胸がきつくて、背中のファスナー、ちゃんと閉まってないんですけど。ウエストもパツパツだし」

「いいの、いいの」

と軽く笑ったロビンさんにまだ仮縫いのドレスを脱がされた。

「ちゃんと仕上げて会場に届けとくから」

「はい！　よろしくお願いします！」

ロビンさんはそう言ったが、司会の私があんな可愛いドレスを着て記者会見の進行をするのだと思うと、ちょっとドキドキした。

「あとは門田さんの衣裳なんですけど」

「テキトーでいいわよ、あんなヤツ。ホントにクソ野郎よね、不倫なんて。女の敵だわ」

ブツブツ言いながらロビンさんは奥に積み上げられている箱を物色し始めた。

私は散らかった布や裁縫道具を片付けながら、ずっと気になっていたことを尋ねた。

「ロビンさん。山王丸先生とは長い付き合いなんですか？」

初対面の時から、ロビンさんが山王丸に対して好意と敬意を持っているのを感じたからだ。——あんな悪徳コンサルに。

「そうねえ。私が先生に助けてもらって以来だから、もう十年になるかしら」

衣裳ケースを漁る手を止め、その時のことを思い出すかのように陶然とした表情を浮かべるロビンさん。

「助けた？　あの男がロビンさんをですか？」

「そうなの。昔ちょっとやらかしちゃって。当時の私はまだ貧乏だったんだけど、コンサル料は出世払いでいいから、って」

「貧乏だったロビンさんを？　嘘……」

お金と己の自尊心を満たすことにしか興味がなさそうなあの山王丸が、どうしてロビンさんを……。

——解せぬ。何より、あの金の亡者が出世払いだと？　まさか……。山王丸はそっち系の人なのだろうか。だから女の私には厳しく、ロビンさんには優しいのかも……。

そんな疑惑が頭をもたげる。が、恐ろしくて真相は明らかにしたくない。

4

そして、翌日。

門田ちゃんの謝罪会見を前回と同じジャングル興業が入っているビルの貸会議室で行うことになった。

私には苦い記憶しかない場所だ。

「はあ……」

またあそこへ行くのかと思うと、溜め息が洩れる。

「俺はここでモニターを見ている」

山王丸は会場の隣にある小さな会議室を用意させ、その中央に映画監督が座るようなディレクターズチェアを置いて、会場の様子が映し出される画面を眺めている。

「具体的に私は何をすればいいのでしょうか？」

実際のところ、私が衣裳を求めてロビンさんの店に出向いている間に、山王丸は門田ちゃんとの打ち合わせを終えてしまっていた。事情がわからない上に、海図だかシナリオだかも、全く見せてもらえていない。門田ちゃんは本当に姿を見せてくれるのだろうか。

「これが、おまえのセリフだ」

と小さなメモを渡された。

「え？　これだけですか？」

「シナリオは門田の頭の中だ。リハーサルも終わっている。おまえは前回と同様に会見を

「進行するだけ、って言われましても……」

進行するだけだ」

同じ場所で同じ役割。何ひとつ伝授されていない上に状況はさらに悪化している。もはや、失敗しかイメージできない。

「インカムで細かい指示はしてもらえないんですか？」

「必要ない。あくまでもこの会見を仕切るのはおまえだ。それを忘れるな」

「全く意味がわかりません。何も聞かされないまま仕切るなんて」

ただ、氷室が言っていたように山王丸の興味がこの会見自体にではなく、自分の作ったシナリオが万能だと証明することだけに向いているのはよくわかる。

「ちなみに」

と、山王丸がデスクに置いたPCを立ち上げ、操作した。

「現在の好感度グラフはこの状態だ。情報操作も何もしていない状態で、だ」

会見五分前、好感度グラフは底辺を這っている。たぶん、それ以下のメモリがないから底辺を這っているだけで、きっと氷室が想定している以上にマイナスなのだろう。

「悪い方に振り切ってるってことですよね？　この状態をどうやったらひっくり返せるっていうんですか？」

「わかっていると思うが、俺の会見で失敗は許されない。勝率百パーセント。今回も俺のシナリオには一分の隙もない。失敗するとしたら、おまえのミスだ」

静かに凄まれ、氷室が言った『暇つぶしですが、失敗したら取り返しのつかないことになりますよ?』という言葉が甦る。万一、失敗するようなことがあれば、メンツを潰された山王丸による途方もない嫌がらせが待っているに違いない。しかも、仕切り直しの莫大《ばくだい》な請求が待っている。——眩暈《めまい》を覚えた。

「そろそろ始まるぞ」

よろめく私に、時計を見た山王丸が言う。

「ちょ、ちょっと待ってください。私の衣裳が、まだ届いてないんですけど」

「は? おまえの衣裳?」

「ロビンさんのブティックで作った78・63・80のドレス……」

「何を寝ぼけたこと言ってるんだ。おまえの衣裳などない。さっさと行け」

有無を言わさず隣の会議室を追い出され、銀座のブティックへ行ったことも、可愛いミニドレスを新調してもらったこともすべて夢だったような気がしてきた。

——いや、今はそれどころじゃない。

私は前回と同じスーツを着て、前回と同じ会見場の前で深呼吸をした。

——なんか、不安しかないけど……。今度こそ失敗できない。

緊張で息苦しさを感じ、なかなか会場に入る勇気が出ない。——やっぱり恐《こわ》い。

そう思ったら、ふーっと意識が遠のきかけた。前回の会見の時みたいに。

――ダメ！　ダメよ、光希！　逃げちゃダメ！

両手で自分の頬をパンパンと叩いて活を入れ、逃避願望を追い払った。

と、その時、

「ああ、おった、おった！」

駆けつけた荒田社長に手を握られ、その手を脂ぎった額に押し当てられた。

「頼むでぇ！　篠原君！　門田ももうすぐ来るからな、宅配便で！」

念を送られたことよりも、ねちゃねちゃする手の甲が気になって緊張がほぐれた。

「ああ、そうや。門田から伝言で、ちょっと遅れるから先に始めといてくれって」

「は？」

飲み会じゃないんだけどな……。

「わ、わかりました。し、篠原、行きます！」

宣言してドアノブを回し、震える足を会場の中に踏み入れた。冷ややかな空気。冷たい視線。気のせいかもしれないが、大量の目玉が『またコイツか』と言っているように見える。

会場は同じだったが、前回と違う取材スタイルだと気づいた。今回は白布を掛けた長机はない。代わりに、二十センチほどの高さのステージがしつらえられていた。その中央にスタンドマイク。いわゆる囲み取材の準備がされている。今は一定の距離を保《たも》っているが、興奮した記者がステージぎりぎりのところまで押し寄せてきそうで恐ろしい。

いや、何も考えまい。私はしっかり歩いて記者たちの前に立ち、大きく息を吸ってからスタンドマイクに向かって声を発した。

「ジャングル興業広報部の篠原です。本日は御参集いただき、ありがとうございます。これより、会見を始めさせていただきます」

記者会見の始まりを宣言するのと同時に会場の扉が開いた。

「ど、どうも……」

き、来てくれた……。

門田ちゃんが足を引きずりながら入ってくると、場内にどよめきが起こった。誰も彼がこんな重傷を負っているなんて思っていなかったからだろう。門田ちゃんはまだ額に包帯を巻き、唇の端は紫色に腫れ、松葉杖をついているのだ。

私とロビンさんが彼のためにコーディネートしたのは、ヨレヨレの作業着と安全靴だ。最初はくたびれたサラリーマン風の衣裳を物色した。が、何となくピンとこなかった。その時ふと、門田ちゃんがデビューしたての頃、自分のバイト経験を生かして『工事現場あるある』をネタにしていたのを思い出した。今でこそ王侯貴族ネタがウケているが、当時の日雇いネタも相当面白かった。私はその作業着にデビュー当時の初心に返ってほしいという気持ちを込めた。

「それ、どうされたんですか⁉　村井ですか⁉　村井闘也にやられたんですかッ⁉」

一番前の席に陣取っている凡春の記者が前のめりで問いただす。新しいスクープを見つけたかのように。が、門田ちゃんはじっと俯いて黙りこんだ。

「村井闘也があなたに暴力を振るったんですね？　奥さんを寝取られた仕返しに！」

「門田さん！　その姿で出てきたってことは、ジャングル興業が闘也の事務所と対決する覚悟をしたってことですか⁉」

「全治何ヵ月ですか？　骨折ですよね？　その足！　何とか言ってくださいよ！　闘也以外に考えられないでしょ、その怪我は！」

門田ちゃんは一言も返せず、唇を噛んでいる。

――ど、ど、どうしよ……。

荒田社長が恐れていたヤバい事務所との抗争に発展してしまうのだろうか……。

インカムのイヤホンに耳を澄ましても、山王丸の指示はない。――鬼め！

「この次、闘也の事務所に行くぞ！」

「おい。キャップに電話して、誰か闘也の方に行かせるよう言ってくれ」

記者たちが色めき立つ。

――そ、それだけはヤバい。止めなくては。

が、どうすることもできず、前回の失敗ばかりが脳裏に甦り、恐怖で足が震え始める。

その時だった。闘也の事務所に向かうつもりなのか、機材を片付ける記者たちも出始める中、突然、一番後ろの扉が開いた。

——うっ……！　眩しい……。

女神降臨。そこに日向陽菜子が立っていた。そこだけにスポットライトが当たっているような華やかさだ。

その女神は真っ白なシルクにピンクのレース、艶やかなパールがふんだんにあしらわれたミニドレスを着ていた。その襟元や袖口《そでぐち》、裾にはサテンのリボン。

「いや、ちょっと待って。あれって、私の78・63・80のドレスなんじゃ……」

いや、正確に言うと、私の体に合わせて仮縫いしたドレスが、もっと細くてメリハリのあるボディにぴったり沿うように仕上げられている。

——こ、これって……。最初から陽菜子ちゃんのために縫われたドレスだったの？

今はっきりとそれがわかった。ラメの入ったヒールの高い靴。明るめの栗色に染めた髪をツインテールにし、その毛先はくるくる巻いて美しくウェイブしている。このドレスを着こなせるのは完璧なアイドルと言われた彼女しかいない。

カメラマンたちが一瞬、シャッターを切るのも忘れていたかのように、ワンテンポ遅れてからフラッシュの嵐が巻き起こった。

それを待っていたかのように、彼女が足を踏み出した。そのオーラに圧倒されるように、記者たちが彼女のために道を開ける。自然にできあがった通路を、陽菜子ちゃんはランウェイのように颯爽《さっそう》と歩いて私たちと同じ壇上に立った。

現役時代と全く変わらない天使のようなルックスが、光の洪水を堂々と浴びている。質問をすることも忘れて呆然と陽菜子ちゃんを見つめていた最前列の記者たちが、ハッと我に返ったように口を開いた。

「陽菜子ちゃん！　ここに来たってことは何か言いたいことがあるってことなんですか？」

「離婚ですか⁉」

「門田さんの怪我、やっぱり闘也がやったんですよね？」

矢継ぎ早に投げかけられた質問に陽菜子ちゃんは無言で、ふっ、と笑った。恥じらうような伏し目がちな微笑み。ファンを虜《とりこ》にした伝説のキラースマイルだ。

陽菜子ちゃんは大きな瞳を上げ、ピンクのグロスがたっぷり載った唇を開いた。そして、「この人の怪我は……」と躊躇うように言《い》い淀《よど》んだ後、悪戯《いたずら》がバレた子供のように肩をすくめてから言い放った。

「私がやってん！」

――え？

我が耳を疑った。二年前とは全く違うイントネーション、コテコテの関西弁にも驚いたけれど、この細くて愛くるしい女神が夫に暴力を振るうなんて有り得ない。しかも、相手は重傷だし。これはきっと門田ちゃんとその事務所を守るための嘘に違いない。が、陽菜子ちゃんはさらに続けた。

「そやかて、ボッコボコにしたらな気ぃ済まへんかってもん!」

大阪のヤンキーみたいな喋り方に会場がざわめく。

「まさか、そんな」

会場には半信半疑のどよめきが起こっている。

「陽菜……。ごめ……」

蚊の鳴くような声で門田ちゃんが謝りかけた時、くるりと背を向けた陽菜子ちゃんのミニドレスからすらりと伸びている足がふわりと上がり、門田ちゃんの背中に回し蹴りを食らわした。クリーンヒットだ。

陽菜子ちゃんに蹴られた門田ちゃんは勢い余って壁にぶつかった。——マジか。

もう誰も、門田ちゃんの怪我がこの女神から与えられた体罰だということを疑わないだろう。

「おい! 今度やったら、これぐらいじゃすまさへんからな! いわすで、マジで!」

陽菜子ちゃんが夫に凄むと、さすがに会場がシンとなった。圧倒されたように黙りこむ記者たちの反応に、陽菜子ちゃんはさも意外そうな顔をしている。

「あれ？　知らへんかった？　ウチ、デビュー前、大阪のミナミではちょっと有名なヤンキーやってんよ」

ケロッとした顔で睫毛の長い目を瞬《しばたた》いている。

——ええーッ⁉

見た目と経歴とのギャップに思わず声を上げそうになる自分の口を両手で塞《ふさ》ぐ。

「自慢やないけど、ケンカで負けたことないねん」

会場は完全に静まり返った。私自身、陽菜子ちゃんがどうしてこんな話を始めるのか、その意図がわからない。

「けど、門田はそういうの、全部知った上でウチのことが好きやて言うてくれた。門田は隠してるけど、門田家は世が世ならっていう家柄《いえがら》やねん。せやからウチとの結婚は親族中から反対されてん。芸人になることも反対されてたのに、ウチみたいな子と結婚したら勘当やって言われてて。それでも、門田はウチを選んでくれてん」

——ええーッ‼　門田ちゃんのハッタリネタ、ハッタリじゃなかったの？

進行も忘れてまたびっくりしてしまった。とその時、他の記者たち同様、いかにも戸惑っている雰囲気を醸《かも》し出《だ》しながら、手を挙げたのはＷＥＢサーズデーの北条だ。

「も、門田さん、どうしてこんな怖い……いや、失礼。どうしてこんな可愛い奥さんがいるのに浮気なんて……」

質問が終わるか終わらないかのうちに、門田ちゃんが陽菜子ちゃんに向かって頭を下げた。

「で、出来心です……。最初は陽菜の誕生日に手作りケーキを焼いて祝ってやりたいて思うて村井さんの家でプライベートレッスン受けるようになって……。親切にしてもらってるうちについ、出来心で……。ほんま、すんません。調子にのってました。愛してるんは陽菜だけです」

作業着姿で、陽菜子ちゃんに深々と頭を下げる門田ちゃん。

——あれ？　出来心って、前回の謝罪会見で使った理由と一緒じゃん。けど、これは山王丸が書いたシナリオのはず。

けれど、明らかに会場の反応が違う……。

「陽菜、ほんまに、ごめん。こんな場所に陽菜を立たせてしもて。今度こそ、今度こそ陽菜を守るから。俺が陽菜を守るから」

そう誓う門田ちゃんが一瞬、イケメン俳優に見えた。が、陽菜子ちゃんは腕組みをしたまま、

「今度やったら、マジで重石《おもし》つけて淀川《よどがわ》に沈めんで」

と巻き舌で啖呵をきった。けれどその目は潤《うる》んでいる。

——陽菜子ちゃんは本当に悲しかったんだ。愛する人に裏切られて。

陽菜子ちゃんが泣き顔のまま素敵な笑顔を浮かべる。その表情が許す、と言っているように見えた。彼女の門田ちゃんへの強い愛を感じて私もジワリと来た。

「か、勘弁して。淀川だけはアカンわ。あそこには先住民のカピバラがおんねん」

門田ちゃんが外来種のげっ歯類を引っ張り出してきて、震えあがるような身振りをする。すると、陽菜子ちゃんが、「あほか。あれはヌートリアや」と、つっこみながら門田ちゃんの背中を叩き、門田ちゃんが激しく咳《せ》きこんだ。

場内に笑いがまき起こり、ふたりは涙で潤んだ目で互いを見つめ合う。

——陽菜子ちゃん、黙って泣いていれば、完璧なアイドルとして永遠に語り継がれることもできたのに……。やっぱり、門田ちゃんを助けたかったんだ。自分のイメージを壊してでも。

私はひとりの視聴者になって拍手をしながら目頭を押さえてしまった。

そして、ハタと気づいた。

——あれ？　なんか、この感動、前にも味わったことがあるような……。

料亭の謝罪会見をテレビで見た時と同じような気分になっている自分に愕然とする。

その時、山王丸からインカムで指令が入った。

『撤収だ』

「え？　もうですか？」

いい感じで盛り上がってきたのに、と少し勿体ない気がした。

『世間がふたりのことをもっと見たいと思ってるうちに会見を終了しろ』

「は、はい。わかりました」

山王丸の意図はわからなかったが、イヤホンを押さえていた手を放し、私はマイクの前に立った。

「も、申し訳ございません。門田はこの後、工事現場のアルバイトが入っておりまして、これにて会見は終了とさせていただきます」

山王丸から私が受け取ったメモに書いてあったのは、撤収の際のこのセリフだけだった。昔のネタにからめた会見の終了宣言が意外にもウケている。うまくいったという手ごたえは感じたけれど、自分が仕切ったという実感はゼロだ。

私は夫婦漫才が終わったような会場から出て、すぐ隣の会議室へ入った。

「す、すみません。私、何もできませんでした……」

「あれ以外、おまえに何ができるというんだ？」

「え？」

「おまえの役割は記者会見を見ている視聴者と同じように、びっくりしたり感動したりすることだけだ」

「視聴者の気持ちを画面の中の人間がわかりやすく体現することで共感が生まれる。そもそもおまえのような初心者が仕切ろうなんて百万年早いわ」

「え？　それだけ？」

「仕切れって言ったくせに……」

「知ってたらリアルじゃなくなるだろ」

「………」

不信感で言葉を失った時、扉が開いて門田ちゃんと陽菜子ちゃんが入ってきた。その瞬間、山王丸が満面の笑みで、ふたりを迎える。

「ファービュラス！」

荒田社長も「おおきに！　おおきに！」と加わってきて四人が手のひらを重ねる。その場面をタブレットで撮影させられた。

——私も入りたかった、集合写真……。

画像を確認していると、今しがた行ったばかりの会見に対する感想がSNSに続々と上がってきている。

《門田と陽菜子、夫婦《めおと》漫才やればいいのに！》

《恐妻家の番組とかオファーありそうですね。楽しみです》

《陽菜子ちゃん、大好き！　ふたりのCM、また見たいな》

など、陽菜子ちゃんとセットではあるが、夫婦としての好感度は上がってきているようだ。それを見て、自分のことのように嬉しくて、得も言われぬ達成感を覚えた。

「先生。これはいったい、どんな魔法ですのん？」

「日本人は『アーニング・サプライズ』つまり、予測しなかった驚きに弱い。まず、門田が大怪我をして現れるという第一のサプライズ、そして、修復不可能と思われていた門田と陽菜子が会見に同席するという第二のサプライズ、そして、第三は現役時代さながらの陽菜子が現れて自分が門田に報復したことを告白する。そして最後にヤンキーだったことを告白し、ファンの代わりに門田を痛めつけるという第四のサプライズ」

そうだったのか、と今さらながら唖然とした記者たちの顔を思い出す。

「驚きの連続でできた心の隙に『夫婦仲は修復されつつある』という印象をインプットする。泣いていると思った陽菜子が門田を痛めつければ、見ている方はスッキリする。安いもんでしょう？ これで億単位のＣＭの違約金を払わなくて済むのだから」

荒田社長は「いやいやいや、ほんまに凄腕ですわ、先生は」と笑顔が止まらない。

「篠原君、山王丸先生にコーヒーをお出しして」

「あ、はい」

もはや誰の部下なんだかわからない状態だ。

私はしぶしぶ喜びの場を離れる。そして、同じビル内にあるジャングル興業の事務所に戻ってコーヒーをいれ、最上階の会議室に運んだ。

「うん?」

そのコーヒーを一口飲んだ山王丸が弾《はじ》かれたような顔になる。

「こ、この豆は……?」

「普通にスーパーで売ってるカセットタイプのブレンドコーヒーですけど」

「そんなばかな……」

山王丸が動揺するのを初めて見た。

そりゃ、どんなに高い豆でも氷室のいれ方では台無しだ。スーパーの特売品の方がマシなぐらいだろう。けれどそれは氷室の名誉のために黙っておいた。

「それで、山王丸先生。今回の篠原の働きはいかがだったでしょうか?」

荒田社長が揉《も》み手《で》をしながら腰を低くして尋ねる。私の働きでいったいいくらのディスカウントになったのかと。

「全くなってない」

と山王丸が言い放った。

「「は?」」

私と荒田社長は同時に素っ頓狂な声を上げた。荒田社長が私を責めるような目で見ている。

「いやいや。私が指示されたのは撤収だけだったし、それはちゃんとやりましたよね？」

「は？　ちゃんと？　あのキレのない、ぼやっとした撤収でか？」

そう言い返され、ぐうの音《ね》もでない。

「ほ、ほな、料金は？」

荒田社長が恐る恐る尋ねる。

「ビタ一文、負けられません」

飴ちゃんどころか全く値下げできないと断言され、荒田社長は酸欠状態に陥《おちい》ったみたいに口をパクパクさせている。そこで、山王丸が、

「ただ……」

と思わせぶりに言葉を切る。

「今、アシスタントの氷室がエベレストへ行ってましてね」

山王丸は部下がちょっとその辺のコンビニに行っているようなノリで言う。

「エ、エベレストって、チョモランマのことでっか？」

「そうです。二ヵ月ほどなんですが。雑用をする者がいなくて、どうしようかと」

「雑用？」

荒田社長の瞳がキラリと光るのを見て、私は嫌な予感を覚えた。

「おお！　雑用！　雑用ね！　雑用をやらせたら、この篠原君の右に出る者はおりませ

ん。つこたってください。今回のコンサル料の分だけ、存分に」

「しゃ、社長。ぜんぜん嬉しくありません。しかもコンサル料の分だけって、何十年かかるかわかりません」

抗議したが、相手にされなかった。

「篠原君。出向や」

「え？　出向？」

「山王丸先生の所で勉強してきなさい」

そう言った後、荒田社長が私の肩を抱くようにして後ろを向き、耳打ちした。

「ああいう謝罪のノウハウがうちの広報にも必要なんや。タダで炎上を阻止するために、盗んでくるんや、謝罪会見のノウハウを」

「そ、そういうことですか……」

相変わらずの強欲ぶりだ。

「では、氷室が戻るまで、二ヵ月ほどお借りします。給料はそちら持ち、ということで」

どうでもいいような顔をしてディレクターズチェアから立ち上がった山王丸が、会議室を出ていく。荒田社長は「よっしゃ」と低い位置でガッツポーズ。

呆然と山王丸の背中を見送っている私に、門田ちゃんが近寄ってきた。そして、瞳を潤ませ、私の手を両手で包む。

「篠原さん！　ほんまに、ありがとうございました！」

「あ、いえ。私なんて何も……」

自分の働きが足りないことはわかっている。私がやったのは会見場にボンヤリ立ちつくし、山王丸の指示で会見を打ち切ったことぐらいなのだから。なのに、陽菜子ちゃんまで走ってきて、門田ちゃんを突き飛ばし、私に抱きついた。

——あ。やわらかい……。

ふわっとした羽毛に包まれているような感触と甘い香り。

「篠原ちゃん！　ありがとね！　また何かあったら助けてね！」

そう言ってもらえて、涙が出るほど嬉しい。

——大切な誰かを守って、その人から感謝されるのって、こんなに気持ちのいいことなんだ。普通に仕事の手伝いをするのより断然嬉しい。

山王丸が言うように、誠意だけでは誰ひとり笑顔にできないのかもしれない。

何だかワクワクしてきた。そして、知りたくなった。どうすれば山王丸のような海図が描けるのかを……。

そして、五月晴れの空が美しい月曜日に、私は山王丸総合研究所に赴いた。

「え？　氷室さん？」

チョモランマにいるはずの氷室が、西新宿の事務所で山王丸と打ち合わせをしていた。

「ひ、氷室さん、どうしてここに？」

「ネパールのベースキャンプまで行ったんですが、ノーマル・ルートが大渋滞してまして」

「は？　チョモランマが渋滞？」

「はい。春のチョモランマはハイシーズンです。だから、ある程度は覚悟していたのですが」

「渋滞してたから諦めて帰ってきたんですか？　ネパールまで行ったのに？」

純粋な疑問を投げかけると、氷室は理路整然と説明を始めた。

「もちろん、出発前に別のシーズンやルートも検討しました。そのためにジムにも通って過酷な登山に必要とされる基礎体力や筋力、肺活量のアップにも努《つと》めました。しかし、計算上、今の僕の実力は七十五歳の後期高齢のアルピニストです」

「こ、高齢のアルピニスト……」

それがエベレストにアタックをかける登山家たちの中で、どれぐらい立ち位置なのか、全く想像がつかない。

「その上、僕には登山経験がありません。登山経験のない高齢アルピニストに過酷な冬山やノーマル以外のルートは無理があると思い、ある程度の混雑は仕方ないと覚悟して出発したのです。ところが、今年は例年以上の大盛況ぶりで、チョモランマの頂上から麓《ふもと》のキャンプまで登山隊が数珠つながりになってるのではないかというぐらいの大渋滞で渋滞中、悪天候に見舞われて凍死する登山隊が出るなど、とても危険な状態だった、と恐ろしい状況を氷室は淡々と語る。

結局、二ヵ月以内に登って戻るメドがたたず、帰国を余儀なくされたのだという。

「そ、それはお気の毒に……って！　えーッ！　じゃあ、私は……」

「お疲れ様でした。お引き取りください」

ひらりと白い手のひらを見せて軽い調子で氷室が言う。

泣きそうになる私に山王丸が、

「そ、そんなぁ……」

「わかった、わかった。二ヵ月はここで働いてもらう」

と面倒くさそうに言った。するとなぜか、氷室の表情が曇ったような気がした。それは私が初めて見る彼の人間らしい表情だった。

「あ、あの……。どうかしましたか？」

「いえ。何でもありません」

氷室が急によそよそしくなった気がした。いや、それまでも、ずっと事務的ではあったのだが。

「コーヒー」

山王丸が私たちふたりに命じた。

「あ、は、はい！」

急いでキッチンスペースへ行くと、氷室がもうコーヒーカップを用意している。

「今日は私がいれますね」

そう言うと、また氷室の顔が翳《かげ》ったような気がした。

——もしかして、自分の仕事を私に奪われるとか思ってる？

ふとそんな気もしたが、とりあえず、先日、氷室から教えられたコーヒー豆の分量で一杯のコーヒーをいれた。いつものように、美味しくなあれ、と心の中で呪文《じゅもん》を唱えながら。

「うん……。うまい……」

山王丸は私がいれたコーヒーの味を褒めた後、私と氷室を見比べた。

「これからの二ヵ月間、お茶出しを含む雑用は光希、頭を使う仕事は氷室でいこう」

その言葉に氷室の表情が晴れやかなものになる。彼の人間的な表情を見たのはこれで二度目だ。

「氷室。まさかとは思うが、おまえ、ネットか何かで光希の会見の成功を見て、嫉妬《しっと》に駆られて戻ってきたんじゃないだろうな？」

山王丸の言葉に氷室は衝撃を受けたように体を硬直させた。

「嫉妬……？　これが……ヒトの感情……」

右の手を左胸に当て、何か心当たりがあるような、けれどそれが嫉妬だとは気づいてなかったような反応だ。——って、本当に機械人間だったのか、この人。

コーヒーカップをソーサーに戻した山王丸が不機嫌そうな顔になって口を開く。

「氷室。ライバルと見なす相手のレベルが低すぎるぞ」

「す、すみません……」

この際、山王丸にレベルが低いと言われたことも、それを氷室によって肯定されたこともスルーしよう。——私の目的は山王丸から謝罪ノウハウを盗むことなのだから。

第3章

1

　山王丸寛が所長を務める山王丸総合研究所は、表向きは普通の経営コンサルタント、つまり公認会計士事務所だ。

　二階にあるゴージャスな謝罪コンサルの専用フロアとは違い、一階にある会計士事務所は雑然としていて、デスクや備品も古めかしく昭和ムードが漂っている。コンサル費用は圧倒的に謝罪ビジネスの方が高いらしい。が、そちらは過去に依頼実績のある人間からの紹介に限られているとかで、仕事は不定期で件数も少ない。コンサル件数自体は経営相談の方が圧倒的に多いのだと氷室から説明された。実際、私がこの事務所で働き始めてからの二週間、まだ謝罪に関する相談は一件もない。

「いらっしゃいませ」

私の仕事は簡単だ。一階事務所の入り口にある町役場のような狭い受付カウンターで、客の氏名と相談内容を聞き、しばらく向かいのベンチで待ってもらう。そして、山王丸が「通せ」と言えば、低いパーテーションで仕切られただけの応接スペースに案内する。

「どうぞ、ごゆっくり」

後はお茶を出して終わりなのだが、お客さんが一様に湯呑みの温度を警戒するように恐る恐る触ってみるのがおかしい。それ以外に笑うところはない仕事だ。

「なんだとーッ！」

私がその場を離れた直後、お客さんが激昂する。これは毎日のようにここで繰り返されている光景だ。

なにしろ、私のすぐ後ろが応接スペースなので、相談内容は丸聞こえ。応接スペースの様子は鏡越しにも見えるし、ちょっと腰を浮かせて振り返れば、直接のぞくこともできる。

今、山王丸の向かいに座って前のめりになりながら怒鳴ったのは、木村《きむら》さんという高齢の経営者だ。怒ると真っ赤な顔になって唇を尖《とが》らせ、茹《ゆ》でダコそっくりになってしまう。

そんな木村さんは父親の代からビルやアパートの賃貸経営をやっている資産家なのだが、いつも作業着を着ていて、見た目は下町の工務店の社長といった風情だ。

バブル後の不景気は何とか乗り切ったものの、その頃から資産運用がうまくいかず、徐々に収益が悪くなってきている、何とかしたい、という相談なのだが……。

「だから何度も言ってるじゃないか。立地が悪いんだよ。木村アパートは西陽《にしび》がきつい し、線路が近くて電車はうるさいし、何より経年劣化が著《いちじる》しい。ナメクジだって入居をためらう物件だ」

壁の鏡越しにちらりと見た山王丸は、ソファに背中をあずけたまま、ゆったりと足を組み替える。どっちがクライアントなんだかわからないような態度だ。

私の斜め後ろで、ガーッと今にも壊れそうなプリンターの音がした。古いデスクトップパソコンのキーボードを叩いていた氷室が、何かを印刷し、無言で山王丸に手渡す。彼も常に応接スペースの会話に聞き耳を立てていて、相談に必要な情報をタイムリーに提供する。

その紙を一瞥した山王丸はフッと笑ってから、センターテーブルに置いた。

「それでも家賃設定が低かったから、新しいうちは金に困ってる貧乏な人たちがこぞって入居しただろう。だが、この地図を見ろ。ここ数年、あんたのアパートの周辺にはこんなに沢山の、貧乏な人たち向けの安い賃貸アパートが建ってるんだ。いくら貧乏な人たちでも、入居者からしてみれば新しいアパートがいいに決まってる」

「貧乏、貧乏って！　あんた今、その差別的な言葉を三回も言ったぞ！」

ついに木村さんが立ち上がっても、山王丸は眉ひとつ動かさない。

「いいか、よく聞け。あんたは今、貧乏な人たちの選り好《えごの》みに苦しめられているんだ。まず、駅前のテナントビルをパチンコ屋にしろ。あの立地、あの広さに最適なのはパチンコ屋だ。そしてその収益を元手に木村アパートをファッションビルに建て替えろ」

山王丸の提案に、木村さんは「うっ」と言葉をのんだ。

「登記簿を見る限り、あんたは二十数年前まであのビルの一階でパチンコ屋をやっていた。収益は決して悪くなかった。なのに、何でやめたんだ?」

木村さんは山王丸の指摘に急に声のトーンを落とし、

「ダメだ。パチンコ屋だけは……」

と、なぜか語尾を震わせ、項垂れる。

「なぜだ? あのビルでパチンコ屋をやれば、貧乏アパートを捨てて新築マンションに移った住民からも金を搾り取れるんだぞ」

「いい加減にしろ! 貧乏、貧乏って! 貧乏の何が悪いんだ!」

「貧乏が嫌いだから相談に来てるんじゃないのか……」

さすがの山王丸も唖然とした顔になる。もちろん、面白がってわざとそんな顔を作っているに違いないのだが。

「と、とにかく俺はギャンブルが大嫌いなんだ! もっとマシなアドバイスをしやがれ! 二度と来るか、こんなコンサル!」

木村さんは毎回、こうやって怒鳴って帰っていくのだが、なぜかまたしばらくするとやってきて、ああでもないこうでもないと相談する不思議なお客さんだ。

激昂したクライアントが出ていくと、必ず山王丸は私に尋ねる。

「光希。俺が『ナメクジだって入居をためらう』と言ってから客が立ち上がるまでに何秒だった?」

「二十五秒です。今回は『ナメクジだって入居をためらう』という暴言よりも『貧乏な人たち』という差別ワード連発とパチンコ屋という業種が木村さんの逆鱗《げきりん》に触れた模様です」

予《あらかじ》め告げられている逆鱗ワードが出たらストップウォッチを押し、お客さんの激昂までの所要時間を測るのも私の仕事だ。激昂とは客が『立ち上がる』『胸倉を掴む』『湯呑みやペンなどの物を投げる』などの危険なゾーンに入ることだ。

「なるほど。氷室、データを積み上げておけ」

PCの前にいる氷室が無言でうなずくと、山王丸は誰もいなくなった応接スペースのソファに仰向けになってクッションを抱え、「ああ……。退屈で死にそうだ」と低い声で嘆く。

——またか……。

この二週間、過去の予約ノートを見たり、山王丸とクライアントのやりとりを見ていてわかったことがある。

木村さんのように山王丸とケンカしながらもなぜか定期的に通ってくるお客さんと、二度と来ないお客さんとがいるということだ。

当然のことながら、クライアントは日に日に減っているようだ。顧客リストには二重線で削除された会社や個人の名前が沢山ある。

私の目には山王丸がクライアントを怒らせる実験をして楽しんでいるようにしか見えないのだが、山王丸はお客さんが来ないと「退屈だ」と文句を言う。

どうしたいんだろう。

私は首を傾げながら、淡々と受付業務をこなすだけ。

「はい。次の方～」

経営コンサルタントの受付はジャングル興業の雑務に比べたらとても楽な仕事だ。

けれど、まだここで笑顔になったクライアントは見ていない。ひとりも……。

そして、ここに来た目的である謝罪コンサルのノウハウを盗もうにも、そっちの方はまだ依頼がない。

「はあ……」

私はいったい、ここで何をしてるんだろう。

思い出すのは門田ちゃんと陽菜子ちゃんの笑顔ばかり。あの時の達成感をもう一回味わいたいのに……。

そんなことばかり考えながら、客足が途絶えると暇になって受付カウンターの下でスマホをいじる。――お、十二時だ。

「ランチ、行ってきまーす！」

こんなつまらない毎日の中で、一番の楽しみは昼の休憩時間だった。


あれは初めて山王丸総合研究所に出勤した日のことだ。

「お願いしまーす！」

大通りに面した古いビルの一階にあるルーナ・ビアンカという名前の喫茶店の前で綺麗な女の人がランチのビラを配っていた。ショートボブが似合う爽やかな女性だ。

「うわ、安〜い！」

この新宿で、一汁三菜にコーヒーまでついて七百五十円は破格だ。

その日の昼休み、早速、ビラを握りしめて喫茶店、ルーナ・ビアンカに足を運んでみた。改めて外観を見ると、喫茶店が入っている五階建ての建物はかなり古い。喫茶店の煉瓦の壁も、窓の上の赤いシェードも色が褪《あ》せ、外に出してある食品サンプルは年代物、プラスチックの看板は壊れている。

その低層ビルを見下ろすように、周囲にはお洒落なカフェや洗練されたレストランの入ったファッションビルが立ち並んでいた。

――いや、店構えがなんだ。リーズナブルなランチには代えられぬ。

意を決して店内に入ると、ランチタイムだというのにガラガラだった。しかも、喫茶店にしてはかなりの奥行《おくゆき》があり、閑古鳥の鳴き声がやまびこのように反響しそうだ。

――こ、これは早まったかもしれぬ……。人気のない店にはそれなりの理由があるはず。

後悔し始める私に、「いらっしゃいませ～」と、レジ前で笑顔を見せたのはビラを配っていたお姉さん。カウンターの向こうで調理をしているのは老夫婦。店内に漂う安全かつ善良そうな空気。ホッとしながら窓際のテーブルに席を取った。

「ランチ、お願いします」

「はーい。マスター、ランチひとつお願いしまーす」

大企業の受付にいてもおかしくないぐらい清潔感溢れるお姉さんの笑顔に見とれた。が、出てきたのはぬるくて味の薄い味噌汁《みそしる》、お粥《かゆ》のように柔らかいご飯、めちゃくちゃ塩っ辛いポークチャップ。

リピーターが少ない理由がわかった。それでも若い男性客がちらほらいるのは、あの綺麗なウエイトレスさん目当てだろう。

「お客さん、来てくれたの初めてでしょ？　はい。クッキーはサービス」

食後のコーヒーにクッキーを添えてくれた彼女の名前は由衣《ゆい》さん。

気さくな彼女とはその日のうちに打ち解けた。

「ねえ、この近くで働いてるの？」

若い女の子のお客さんは珍しいといって、由衣さんはいきなり向かいに座ってきた。

「あ、はい。この先にある公認会計士事務所で働いてるんです」

「公認会計士？　どんな仕事？」

「普通は事業者さんに会計の助言をしたり、経営戦略の提案をしたりする仕事のはずなんですけど……」

「へえ。経営コンサルタントってヤツ？　カッコいいじゃん」

「や、私はそこの受付なんですけどね。コンサルって言えば聞こえはいいですけど、うちの先生、とんでもない人で、すぐにお客さんを怒らせるんですよー。この前なんて、こっちに灰皿が飛んできて、危うく大怪我するところでした。とにかく超性格が悪くて」

私の愚痴を興味津々、笑顔で聞いてくれる由衣さんは、私より五歳年上。けれど、屈託がなくて年齢差を感じさせない。あっという間に友だちになった。

「あ、そうだ。光希ちゃん。今度、一緒に映画行かない？　お客さんに試写会のチケットもらったの」

「行きます、行きます～！　けど、チケットくれたそのお客さん、由衣さんと一緒に行こ

う と 思ったんじゃないですか?」

「ああ、そう言えば、チケットが二枚ある、っていうから、ありがとうございます、って言って二枚とももらったら、ちょっと寂しそうな顔してたな、テへ」

という天然なところも憎めない。

あの日から、天真爛漫《てんしんらんまん》な由衣さんとの楽しい会話と、微妙なランチが病みつきになって毎日通っている。

そして、由衣さんと知り合って二週間目の日曜日、女同士でめちゃくちゃ怖いホラー映画を見た帰り道、立ち寄ったイタリアンで、由衣さんが打ち明けた。

「実はね……。私、プロポーズされてるの」

「え? そうなんですか? 誰に?」

といっても、私はまだ彼女の交友関係を知らない。

「大学時代の先輩で、もう七年も付き合ってるんだけど、うちのお父さんが大反対で」

「え? 由衣さんのお父さんが? どうして?」

思わず、ペペロンチーノをすくい上げたフォークが止まる。

「それがよくわからないんだよね。あの男は顔が小さすぎるとか、手足が長すぎて宇宙人みたいだ、とか、金持ちの息子はダメだ、釣り合わない、とか」

「は？　それって、全部、誉《ほ》め言葉に聞こえるんですけど。反対する意味がわかんない」

「だよねえ。イチャモンとしか思えない。私、もうすぐ二十八だよ？　それなのに、結婚はまだ早い、とか言うしさぁ」

アラサーである由衣さんの門限を九時に設定している、彼女の厳格なお父さんのイメージは俳優の中尾《なかお》彬《あきら》だ。ずっと父ひとり子ひとりで暮らしてきたと聞いた。

「お父さんがあまりにも横暴で理不尽で。もう、この一ヵ月、必要最低限しか口きいてないんだ。こんな大ゲンカをしたのは、高校の修学旅行に行かせないって言われて以来だわ」

由衣さんはグラスの中のサングリアをストローでかき混ぜ、溜め息をつく。

「修学旅行？」

「あの時も言いがかりとしか思えないようなこと言い出してさぁ。海外は危ないから行かせない、とか、高校生のくせに修学旅行がシンガポールなんて贅沢《ぜいたく》だ、とか」

「えー？　修学旅行ですよね？　高校時代の一番の思い出じゃないですか！」

「でしょ？　まあ、予備校の夏期合宿だって嘘ついて、こっそり行ったんだけどね」

由衣さんがテヘと可愛く舌を見せた。

「やりますね、由衣さん。うーん。お父さん、超心配性なんですか？　それでも、修学旅行に行かせないっていうのはひどいと思いますけど」

「そうなの。超心配性なの。大学は行ってもいいけど、就職はしなくていい。バイトでもしながら花嫁修業しろ、って言ったのに、一向に結婚させてくれる気配なし」

そこまで来ると、心配性というよりは超過保護だ。

「お父さん、結婚に反対なんじゃなくて、寂しいんじゃ？　だって、由衣さん、ひとり娘なんでしょ？」

「かもね。私もお父さんの気持ちがわからないでもなくて、ずっと彼からのプロポーズの返事、引き延ばしてきたんだけど……。こないだ彼の海外転勤が急に決まってしまって。ニューヨークについてきてほしいって言われてて」

「嘘！　ニューヨーク？　素敵！」

ドラマのような話に飛びあがったけれど、その直後には寂しさに襲われた。

「そっかあ……。そうなんだぁ。由衣さん、海外に行っちゃうんだ」

いつも明るくて傍《そば》にいるだけで楽しい気持ちになる。そんな由衣さんが遠くへ行ってしまう。まだ知り合って間もない私でさえ、こんな気持ちになっているのだ。お父さんの寂しさは計り知れない。

「ごめんね、光希ちゃん。せっかく、友だちになれたのに。けど、このタイミングで断ったら、私たち、もう終わりなんじゃないかって気がするの」

「そんな。私のことなんて……。そういうの、タイミングが大切だって言いますしね。

で、いつなんですか？　彼の転勤」

「それが来月なの」

「え？　来月⁉」

あまりにも急な話でパスタが喉に引っ掛かりそうになった。

「だから今月中に身近な人だけ呼んで、ささやかな結婚式を挙げようって。急で申し訳ないんだけど、ぜひ光希ちゃんも友だちとして出席してね」

「いいの？　嬉しい。けど、私のことなんかより、お父さんは？」

そう聞いただけで、由衣さんの表情が悲しそうに翳った。

「今の調子じゃあ、絶対に来ないと思う。本当は一番、出席してほしい人なんだけど、面と向かうと素直に言えなくて」

今にも泣き出しそうな横顔を見て、胸が締めつけられた。

「結婚式って、いつなんですか？」

「彼が渡米しなきゃいけないタイムリミットと吉日を考慮すると、今月末の土曜日しかなくて……」

「嘘！　結婚式まであと二十日しかないじゃん！」

「そうなの。みんなに祝福してほしいんだけどね」

「そっかぁ……」

──由衣さんのお父さんを説得したい。

そんな気持ちが芽生《めば》えた。けれど、由衣さんのお父さんにも彼氏にも会ったことがない。それどころか、由衣さんとの友だち歴も二週間。そんな小娘が彼女の家に乗りこんでいって中尾彬に『由衣さんの結婚を許してあげてください！』というのも説得力のない話だ。

役立たずの自分に失望した。

2

はぁ……。

友だちの悩みさえ解決できない。

受付で溜め息を洩らしていると、ナメクジも住まないアパートのオーナー、木村さんが私と同じように深い溜め息をつきながら、事務所に入ってきた。

そして、項垂れたまま応接スペースに入ったかと思うと、木村さんは開口一番、

「金が必要になった！」

と深刻な顔をして言う。

が、山王丸の方はいつもと変わらず、ゆったりとソファにもたれたまま「いくらだ」と

木村さんを観察するような目で見て尋ねる。

「五百万でいい。いや、無理なら三百万でも」

「何に使うんだ、そんな中途半端《ちゅうとはんぱ》な金」

山王丸の突き放すような言い方に、木村さんは一瞬、言葉に詰まったように見えた。が、すぐに言い返した。

「そんなの、あんたにいちいち言う必要ないだろ」

「じゃあ、他を当たるんだな」

ああ……。こんなに信頼関係のできていないコンサルとクライアントも珍しい。お互いが意地を張り合い、肝心なことを話そうとも聞こうともしない。

「まとまった金が必要ならアパートかビルの土地を売ればいい。どっちも二束三文だろうが、借金を返しても、それぐらいの金は残るんじゃないか？」

「二束三文だと？　一等地だぞ？」

むきになって言い返す木村さんを一瞥し、山王丸は冷笑した。

「一等地？　聞いて呆れる。売り渋《しぶ》ったせいで時代から取り残された狭くるしい土地のどこが一等地だ。タワーマンションと高層のオフィスビルから見下ろされる歪《いびつ》な土地。建蔽《けんぺい》率《りつ》ぎりぎりに建設しても大したものは建てられない。そんな土地を誰が買う？」

黙りこむ木村さんに、山王丸はさらに追い打ちをかける。

「だから、再開発の時に周りの地主と一緒に売れればよかったんだ。いつまでも『地上げ屋に売る土地はない』とか何とか偉そうなこと言ってるから、売りそびれて二束三文になるんだ」

「ぐ……」

何も言い返せなくなったように、くやしげに唇を噛む木村さん。

「俺の知り合いの地上げ屋は、立ち退かない家にダンプで突っこむような下品な真似はしない。紳士的に買い叩いた地価で買ってくれるぞ。今からでも交渉してやろうか?」

「ダメだ。何と言われようと、ビルもアパートも売る気はない。それは今も昔も変わらない」

「話にならんな。あんた、もう七十だぞ。土地も売らない。この先、まとまった収入の見込みもない。誰が金を貸してくれるんだ?」

木村さんがくやしさを滲《にじ》ませながら山王丸を睨みつけた。が、すぐに目を伏せ、「だからこうやって相談に来てるんじゃないか」と訴える。

するると、山王丸はさんざん畳みかけたくせに、「なるほど」と、うなずき、再びソファにもたれた。

私には何が『なるほど』なのか全くわからない。ただ、山王丸の表情は明らかに変わっている。何かに興味を持ったみたいなそれに。

「前から思ってはいたが、あんた、なんであんな儲《もう》けも出ないビルとアパートにこだわってるんだ？　耐震補強だの修繕費だので金ばかり食う。あんな物件をいつまでも囲ってるから金がないんだ」

山王丸が隠されている真実を探るように、木村さんの瞳の奥をじっと見る。が、木村さんはそれを隠すみたいに目を伏せて訥々《とつとつ》と言葉を吐き出した。

「それは……。どっちも……、あそこになきゃいけないものだからだ」

その顔はどこか辛そうに見えた。すると、山王丸はまた「なるほど」とうなずく。

――だから、何が『なるほど』なのよ！　なんで、そこで納得できるのよ！　理由を教えてよ！

モヤモヤして叫び出しそうになる。が、クライアントに知られるわけにはいかない。私が聞き耳を立てながら、応接スペースにいるふたりの様子を鏡越しにこっそり盗み見ていることを。

「わかった。考えてみよう。一週間、時間をくれ」

嘘……。あんな謎《なぞ》だらけの会話でいったい、何がわかったっていうの？

私の頭の中に濃霧を発生させたまま、木村さんは帰っていった。

「光希」

木村さんが帰っていってもまだ疑問だらけで首を傾げている私を、山王丸が呼んだ。

「え?」

夢中で推理をしていた私はドキッとして両方の肩が跳ね上がってしまった。

「探ってこい」

「探るって、何を……」

「聞いてただろ。木村の爺さんがナメクジアパートとオンボロビルを売らない理由だ」

なんだ、山王丸だってわかってなかったんじゃん。わけもなく安心した。

「木村さんが不動産を売らない理由ですよね……。うーん……。あ! もしかしてアパートの下に徳川埋蔵金があるとか!」

「それが理由ならとっくに掘ってるだろ、自分の土地なんだから。そうじゃない。アイツは『どっちもあそこになきゃいけないものだからだ』と言った。その理由を探れ」

「ビルもアパートも、あそこになきゃいけない理由……」

ぼやっと反芻する私に、ソファから起き上がった山王丸が、「いいか」と右手の人差し指を立てた。

「ああ見えても、木村の爺さんは金銭感覚の鋭い経営者だ」

「え?」

いつも木村さんの経営センスのなさをけちょんけちょんに言っているのに、そんな風に評価していたなんて意外だった。なんで、本人に言ってあげないのだろう、と首をひねる。

「木村の爺さんは若い頃、あらゆる商売をやっていた。登記簿を見る限り、パチンコ屋やゲームセンターも例外ではない。利益があれば何にでも飛びつき、利益が薄くなれば商売でも不動産でも切り捨ててきた。あの爺さんがあそこまで割に合わないビルとアパートを建て替えもせず、手放すこともしないのにはそれなりの理由があるはずだ。あの建物を同じ場所にあのままの姿で残しておかなければならない理由が」

そう言って黙りこんだ山王丸は、自分自身もその理由を探求するような目で、何もない部屋の壁を見据えている。

「古いビルやアパートをそのままの姿で残す理由……あ！　世界遺産に登録される予定があるとか！」

「さっさと行ってこい」

ふたつ目のひらめきは取り合ってもらえなかった。そんな私に、氷室が、木村さんの所有するアパートの住所をプリントアウトして差し出した。

「あ、ああ。ありがとうございます」

私がその紙を受け取ると、氷室は何か言いたげな顔をしていた。が、山王丸から、

「氷室。木村の爺さんの帳簿で気になることがある。二十数年前から不定期で支出されてる使途不明金だ。それほど大きな金額じゃあないが、収益を圧迫してる理由のひとつだ。

支払い先を調べろ」

と指示され、そのままデスクに戻った。

ここで働き始めた私に対し、氷室はずっとよそよそしい。山王丸が言った嫉妬というヤツがまだ尾を引いているのだろうか？　こんなに雑な扱いをされているのに、氷室には私が山王丸の寵愛《ちょうあい》を独《ひと》り占《じ》めしているようにでも見えるのだろうか……。──解せぬ。

首を傾げながら事務所を出た。日差しが強い。時計を見ると、もう三時だ。直射日光を避けて街路樹の下を歩きながら、アパートの住所を地図アプリにインプットした。

木村アパートは事務所から西へ徒歩十分ほどのところにある。ふたつめの信号、コンビニを右に曲がって五十メートルほど歩いたあたり……。たしか、この辺……。

──え？　ここ？　ううわ……。古っ……。

お洒落な商業施設が立ち並ぶ一角に、東京で初めて水洗トイレを完備しました的な三階建てのアパート。

──あと百年ぐらいがんばればマジで世界遺産も夢じゃないのでは？

鉄筋コンクリートらしき長方形の建物の真ん中には階段があり、その両側にドアがある。つまり部屋数は全部で六戸。この立地に六世帯しか入れない物件は、今や希少で贅沢な代物かもしれない。

私はコンクリートブロックで囲われた敷地《しきち》の外周を歩き、色々な角度からじっくりと建物を眺めた。外壁や塀の一部が崩れ、中の鉄筋が見えている箇所がある。各階のベランダの塗装も剝《は》げて錆《さび》が浮いているようだ。

——もしかして、五百万はこのアパートの修繕費用なのかな……。

腕組みをしながら古いアパートを見上げていると、突然、じょうろを手にした木村さんが鼻歌を歌いながらアパートから出てきた。

「あれ？　あんたは……」

木村さんと目が合ってしまった。

——げ。ヤバ……。

いつも受付で顔を合わせているから、黙って通り過ぎるわけにもいかない。しかも、ついさっき、お茶を出したばかりだ。

「あんたは確か、山王丸の所の受付の……みゆきちゃん、いや、違う。み……み……、そう！　ミルクちゃんだ！」

——ミルクって……。キャバ嬢の源氏名じゃないんだから。

心の中でツッコミながらも、冷静に訂正した。

「光希です。篠原光希」

「そうそう、篠原ミルクちゃんだ！」

木村さんはどうしても私をミルクと呼びたいらしい。

「もうミルクでもコーヒーでも何でもいいです。で、木村さん、どうしてここに？」

さも、散歩の途中で通りがかったようなふりをしてみた。

「ああ。このアパートの大家なんだよ。俺もずっとここの一階に住んでてね」

「へえ。ここに……」

「山王丸はナメクジアパートって言いやがるが、それほど悪いところじゃないんだがなあ」

そう言いながら小さな花壇に植えられたパンジーに水をやる木村さん。

「そ、そうですね。レトロというか、庶民的というか、親しみやすいというか……」

思いつくだけの誉め言葉を絞り出して並べた。頭を絞っても三つしか出てこなかったんだけれども。

「へへ。嬉しいこと言ってくれるじゃないか。どうだい？　中でお茶でも飲んでいくかい？」

「え？　いいんですか？」

誘ってくれたことが純粋に嬉しかった。この際、木村さんの懐《ふところ》に飛びこんで、その胸の内を探ってみよう。遠巻きに観察する作戦を中止して接近戦に切り替え、いそいそと木村さんの後についてアパートに入った。

一〇一号室。木村さんが招き入れてくれた部屋は古いけれど、綺麗に片付いていた。

「ここ、築何年ぐらいなんですか？」

「築六十四年ぐらいかな。親父《おやじ》が建てたアパートなんだ」

「木村さんのお父様が……」

そっか……！　ここは木村さんとお父さんの思い出が詰まったアパートだったんだ……。だから絶対に売りたくないいんだ。そう思うと勝手に目頭が熱くなる。そんな大切なアパートを、ナメクジも住まない、などと罵倒する山王丸が許せない。

「なんか、すみません……」

山王丸の代わりに謝ると、木村さんは「へへ。大したもんじゃないよ。冷蔵庫にあった残りもんだ」と言いながら、レアチーズケーキが載ったお皿と綺麗なティーカップを年季の入ったちゃぶ台に並べる。私の謝罪をおもてなしに対する遠慮だと思ったようだ。

「わ、この紅茶、いい匂《にお》い」

ティーカップからはベルガモットの香りがする。

木村さんがこんな小じゃれたスイーツと紅茶でティータイムを楽しんでるなんて、何だか意外……。

「美味しい！　こんな美味しいチーズケーキ食べたの初めてです！」

「そりゃよかった」

てな調子で、結局、世間話だけで一時間も居座ってしまった。

「ご馳走様《ちそうさま》でした！」

ケーキと紅茶のお代わりまでご馳走になり、木村さんのアパートを出た足で事務所に向かった。山王丸が探れと言った謎の答えをしっかり摑んだからだ。

途中、駆け足で事務所に戻り、

「山王丸先生！ あのアパートには木村さんと木村さんのお父さんの思い出が、いっぱい詰まってるんです！ 木村さんにとってお父さんの形見のような場所なんです！ だから売るわけないですよ！ そんな大切なアパートをあんな風にディスるなんて、あんまりです！」

と、言ってる途中で感極まって涙で言葉を詰まらせながら訴える私を、山王丸が冷ややかな目で見る。

「形見？」

「そうです。あのアパートは六十四年前に木村さんのお父さんが建てたんです！」

「そんなことは登記簿を見ればわかる。だが、木村の爺さんの父親はまだピンピンしてるはずだが」

「はい？ 築六十四年のアパートを建てた人が？」

「先月、白寿の祝いをすると言っていた。足腰もしっかりしていて今でも同じアパートの三階に住んでるはずだ」

「は、白寿って、九十九歳？　あのエレベーターもないアパートの三階に住んでるんですか？」

山王丸がハアと深い溜め息をついた。

「アオミドロ。いったい、おまえは何を調べてるんだ。もっと深層にあるものを探ってこい！」

「ア、アオミドロ？」

「脳みそがない。何も考えなくても、陽に当たってるだけで生きていける。しかも、厄介なことに増殖する」

「も、もういいです。アオミドロの説明は」

げんなりしている私の目の前に、また絶妙なタイミングでメモが差し出された。

「あ。……ありがとうございます」

氷室から手渡された走り書きを見ると、今度は木村さんの所有するビルの住所らしい。

――なんで、小出しにしか情報をくれないんだろう。

軽い不信感を覚えながら見上げた氷室の顔は、優越感に満ち溢れているように見えた。

――何なんだろう、あの表情は？

首を傾げながら事務所を出ると、もう西の空が茜色《あかねいろ》に染まっている。

地図アプリと電柱の番地を見比べながら歩いていると、微妙な味噌汁の匂いがしてきた。条件反射のように、ぐ〜、とお腹が鳴る。この匂い、何だか知ってるような。

「あれ？　ここって……」

いつもランチをしている喫茶店の外塀に貼られた表示がメモの住所とぴったり同じだ。

「え？　木村さんのビルって、ここ？」

初めて喫茶店の上を見上げた。アオミドロ色の……いや、青みがかった緑色のタイル貼りの五階建て。テナントビルらしいが、こちらも築五十年は経っていそうだ。

喫茶店の横の入り口から入って郵便受けを見てみると、その半分以上に社名が入っていない。ガラガラに空いているようだ。

オートロックもなく、外からのぞいた通路の壁はひび割れている。もし、新規のテナントが入るように綺麗に修繕するとなるとアパートよりもさらにお金がかかりそうだ。

——三百万とか五百万っていうレベルじゃないよね、きっと。

木村さんが山王丸に交渉してきたお金の謎も深まるばかりだ。

「ま、いいや。とりあえず、腹ごしらえしてから考えよ」

カランカラン。

カウンターでファッション誌をめくっていた由衣さんがドアベルの音に反応して振り返る。その親しみのこもった笑顔に癒《いや》される。

「光希ちゃん、珍しいじゃない？　こんな時間に来るなんて」

「今日はちょっと仕事も兼ねて。とりあえず、コーヒーください」

「はーい。マスター、ブレンドひとつね」

カウンターの奥に声を掛けた後、由衣さんは私が席を取ったテーブルにやってきて、ぼやき始めた。

「聞いてよ、光希ちゃん。さっき、休憩時間に家に帰ったら、私が冷蔵庫に入れといたチェリーブロッサムのレアチーズケーキがなくなってたの」

「え？　チェリーブロッサム、って、あの日本一美味しいって評判の？　行列のできるチーズケーキでしょ？」

「そうなの！　あの店のレアチーズケーキ！　予約でも三ヵ月待ちの！　今朝、やっと通販で手に入って、楽しみにしてたのに。しかも、お気に入りのレディグレイもごっそりなくなってて。絶対、お父さんが食べたんだわ」

「そうだったんだぁ。残念ながら、私、チェリーのチーズケーキはまだ一度も食べたことがないんですよね。けど、ついさっきすっごく美味しいチーズケーキをご馳走になったんです！　由衣さんの分もお持ち帰りしたかったぐらい美味しくて……、あれ？　うん？

レアチーズケーキと紅茶？」

奇遇にも、今日、木村さんにご馳走になったのと同じメニューだ。いや、偶然にしてはできすぎだ。

「そ、それって、ブルーベリーソースがかかってたりします？　そんでもって、紅茶は柑《かん》橘《きつ》系の香りがしたりします？」

「え？　そう。その通りだけど……」

由衣さんが怪訝そうな顔をする。

「ま、まさかとは思いますけど、由衣さんのおうち、築六十四年のレトロなアパートの一〇一号室だったりします？」

「え？　どうして知ってんの？」

そのきょとんと聞き返す顔に衝撃を受けた。

「えぇぇええ——!!　じ、じゃあ、もしかして、由衣さんのお父さんって、木村さんなんですか⁉」

そう言えば、初めてここでランチした時に、フルネームを聞いたような気もするけど、ずっと、由衣さん、と呼んでいたので、苗字なんてすっかり忘れていた。何よりも、ふたりは全く似ていない。一ミリも。木村さんのDNAがどう混ざれば、こんな美貌《びぼう》の娘が生まれるのだろうか。

「ええっ？　どうして？　光希ちゃん、お父さんと知り合いなの？」

由衣さんもびっくりしたように尋ねる。

「実は木村さん、よくうちの事務所に相談に来ていて。でも、由衣さんのお父さんだとは思ってもみませんでした」

「そうなんだぁ。アパートもこのビルも老朽化が激しくて、最近は家賃収入よりメンテ代の方が大きいって、お父さん文句ばっか言ってるわ。けど、コンサルに相談に行くほど深刻な状況だったなんて、私には一言も言わなくて、全然知らなかった」

溜め息交じりに首を振る由衣さん。

──老朽化……。メンテ代……。

私も最初はそうかもしれないと思った。ただ、実際にアパートやビルを見てわかったことがある。三百万や五百万という金額で修繕できるような物件ではないということだ。

──そうか！　わかった！

由衣さんを見ていてピンと来た。

「守秘義務があるので詳しいことは言えないんですけど、木村さん、由衣さんの結婚資金を工面しようとしてるんじゃないでしょうか？」

私がそう言うと、由衣さんの大きな目がさらに大きく見開かれた。

「まさか。だって、あんなに反対してるのに……」

「寂しくて寂しくて、結婚には反対の態度を取ってるけど、心のどこかではもう止められないこともわかってる、みたいな親心じゃないんですかね、きっと……」

男手ひとつで由衣さんを育ててきた木村さんの気持ちを思うと目頭が熱くなった。

「そんな……。お父さんがそんな風に思ってるなんて信じられないんだけど……」

否定しながらも、由衣さんの表情に戸惑いが交じり、瞳が潤んでくる。

「由衣さん。もう一回、ちゃんと結婚のこと話し合ってみませんか？　お父さんと」

「けど、私が真面目《まじめ》な話をしようとすると、お父さん、ふいっとどこかへ出てってしまうの、たとえそれが夜中でも」

「夜中でも……」

取り付く島もない、ってことか……。

「あ、じゃあ。木村さんがうちの事務所に来た時、由衣さんが乗りこんできたらどうですか？」

「私もちゃんと話したい。けど、うまくいくのかな……」

由衣さんは自信なさそうだ。正直、この作戦がうまくいくかどうかはわからない。ふたりが一緒にいる場面を見たこともないのだから。

「私にもわかりません。だけど、このまま何も話さないでお父さんの反対を押し切って結婚したら、由衣さんが一生後悔するような気がします」

「だよね……。それは自分でもわかってる」

由衣さんの形のいい唇から溜め息が洩れる。

「私、何もできないけど、木村さんが逃げようとしたら全力で阻止します」

「ありがとう、光希ちゃん。わかった。お父さんと話し合う。今度、お父さんが光希ちゃんの事務所に来たら連絡してね」

そう言って笑顔を見せた由衣さんだったが、カウンターに戻って洗い物を始めたその顔は既に緊張しているように見えた。


二日後の夕方、木村さんが事務所にやってきて、第一声、

「山王丸。融資してくれそうな銀行は見つかったか？」

と言った。どうやら『一週間』が待てなかったようだ。

すぐさま、由衣さんに木村さんの訪問をＳＮＳのメッセージで伝えた私は、ドキドキしながら応接スペースにお茶を運んだ。

「銀行からの融資は無理だ。それ相応の理由と返済計画がないと」

今日に限って木村さんは激昂せず、神妙な顔をして頭を下げた。

「頼む。とにかく金が要るんだ……」

その言葉に私は自分の推理が的中していることを確信する。

「だから、その理由を言え。理由次第では俺が貸してやってもいい。利子は応相談で」

「本当か⁉」

利子の部分は引っ掛からないのか、木村さんが色めき立った。相当、切羽詰《せっぱつ》まっているようだ。

「本当だ。だから、理由を言え」

山王丸が木村さんを問い詰める。

「そ、それは……け、け、け……」

木村さんが何かの呪《のろ》いをかけられたみたいに言葉に詰まった時、事務所の扉が勢いよく開いた。木村さんがハッとしたように入り口の方を見る。

「ゆ、由衣……！」

慌てた様子で応接スペースから抜け出そうとする木村さんの前に、私は両手を広げて立ちふさがった。それでも、木村さんはバスケットの選手みたいに左右にフェイントをかけてくる。こっちもディフェンスよろしく完璧に進路を妨害した。

「光希ちゃん。ありがとう。私、お父さんとちゃんと話すね」

そうしている間に由衣さんが応接スペースまで上がりこみ、私の前に立って木村さんと対峙《たいじ》した。

山王丸が片方の口角を持ち上げる。何か面白いことが起きるのを期待しているかのように。

「お父さん！　お父さんが借りようとしてるそのお金って……私の……け……け……」

由衣さんの声帯にも呪いがかかったようになっている。『結婚』というワードを出すことがふたりにとってどれだけのストレスなのかがよくわかる。

「か、金は……け、け、け、競馬！　そう。俺は馬主になるのが昔からの夢だったんだ。俺は山王丸に金を借りて一口馬主になる」

「はあ？」

ぽかんとした空気が事務所に流れる。

ふと見た由衣さんの唇がわなわなと震えていた。

「お父さん、昔からギャンブル嫌いだったのになんで急に……」

「大事に育てた娘だって、どこの馬の骨ともわからない男に持ってかれるんだ。それならどこの馬の骨ともわからない馬に賭《か》けたっていいだろ。俺の勝手だ。名前だってもう考えてる。そ、そう！　ディープ・サンノウマルだ！　オグリミルクってのもあるぞ！　どうだ、走りそうだろ」

誰が馬だ。しかも、私の名前はミルクじゃない。心の中で静かにツッコミを入れた。

由衣さんの目尻が見る見る吊り上《あ》がった。

「ひどい……！　彼はお父さんが認めてくれるまで待つって言って、七年もプロポーズを待ってくれてたのよ？　それをどこの馬の骨ともわからない、なんて」

「あんな苦労知らずのボンボン、どこがいいんだ！　イケメンだからか？　見た目でコロッといきやがって」

「違うわよ！　本当に真面目で誠実な人なのよ！　けど、もういい！　もう大人なんだから、お父さんの許可なんて要らない。お父さんなんて、大嫌い！」

「ああ、嫌いで結構。俺の反対を押し切って結婚するっていうんなら、もう親でもなければ子でもない。さっさと結婚でも何でもして家を出てけ！」

「…………」

絶句した由衣さんの目に、今にも溢れそうな涙が溜《た》まっている。

「ゆ、由衣さん……」

彼女は黙って踵を返し、そのまま走って事務所を出ていった。

ドアが閉まった直後、空気が抜けたバルーン人形のように項垂れる木村さん。

「やっちまった……」

深く俯いてしまった木村さんは「また来る」と言って肩を落としたまま出ていった。

私も後から事務所を出て、由衣さんを追いかけた。

「待って！」

俯いたまま足早に歩いていく由衣さんを呼び止めた。

「光希ちゃん……」

歩調をゆるめた由衣さんが、ごめんね、と呟くように言う。

「こっちこそごめんなさい。うまくいくと思ったのに、余計に悪化させてしまったみたいで」

「光希ちゃんのせいじゃないよ。いつもこうなの。短気なとこだけはよく似てるんだ、私たち」

由衣さんが涙を零すまいとするみたいに歩きながら空を見上げた。

「光希ちゃん、見て！　綺麗な月！」

由衣さんが自分を励ますように元気な声を上げた。私も同じように夜空を仰ぐ。白くて大きな月が出ていた。

「私が生まれた夜もスーパームーンだったみたい。それで、お父さんが、その年に始めた喫茶店の名前をルーナ・ビアンカ、白い月、にしたって聞いたことある」

――木村さん、由衣さんが生まれて、本当に嬉しかったんだな。

並んで歩きながら、由衣さんはあの喫茶店の思い出を語った。

物心がついた頃には、由衣さんのお母さんはあの店でウエイトレスをしていたという。そして、保育園から戻った由衣さんの遊び場はカウンター奥にある休憩室だった、と。

「お母さんに会いたいな……。どこにいるんだろう」

「え？」

由衣さんのお母さんは亡くなったとばかり思いこんでいた。木村さんの口からも由衣さんの口からも、彼女の母親の話が一度も出たことがなかったからだ。

「お母さんって、生きてらっしゃるんですか？」

「たぶん」

そうぽつりと言った由衣さんは寂しげに微笑んでいる。

「今はどうしてるかわからないの。私が五歳の時に急にいなくなって、それから会ってないから」

「急に？」

「うん……。でも、お母さんの記憶はうっすらあって……。アパートの部屋でお母さんに抱っこされてた記憶とか、今、私が働いてるルーナ・ビアンカでウエイトレスしてる姿とか。お母さんの幸せそうな笑顔だけは覚えてて……」

「それなのに、お母さん、どうしていなくなっちゃったんですかね……」

「お父さんから『お母さんは事故で亡くなった』って聞かされてたけど、中学生になった時、お父さんが隠してた手紙を見つけたの」

「手紙？」

「消印の日付からして、たぶん、出ていった直後に送ってきたんだと思う。出ていった理由は書いてなかった。けど、私を置いていったことを謝ってた。由衣をよろしくお願いしますとも書いてあった。だけど、どこにも、私に会いたいとは書いてなかったし、私からお母さんに会いに行くのは、男手ひとつで私を育ててくれたお父さんへの裏切り行為のような気がして、訪ねていくことはできなかったの」

手紙を見た時の切なさを思い出したように、由衣さんは憂《うれ》い顔で目尻の涙を拭う。

「高校生になって、例の修学旅行のことでお父さんと大ゲンカした時、封筒の住所を見てお母さんを訪ねていってみたの。けど、お母さんはもうそこにいなかった。そりゃそうだよね。手紙が来た当時からもう十年以上経ってたし」

「そうだったんだ……」

「あれからさらに十年ぐらい経ってるし、今はどこでどうしてるのか……」

由衣さんが寂しげに笑った。

「今はお母さんの気持ちがわかるような気がするの。お母さん、お父さんの頑固で横暴なところが嫌になって出ていったんだろうな、って。私もこのままじゃお父さんのこと嫌いになりそう。だけど、思い返してみると、お父さんには大切にされた記憶しかなくて……。いっそ嫌いになれたらどんなに楽だろう、って思ったり」

先細りの白い指が目尻の涙を拭う。

「由衣さん……」

「けど、今、すごくお母さんに会いたいの。お母さんに会って、私はどうすればいいのか、聞きたいの」

ふう、と息を吐いた由衣さんの頬を涙が滑った。

――わかった。私が捜す。由衣さんのお母さんを。

泣きながら歩いている由衣さんの背中を撫でながら、そう決心した。

3

その週の土曜日が、由衣さんの結婚式の二週間前だった。

私は由衣さんに届いた手紙の住所を手掛かりに、神奈川県の厚木市へ向かった。

由衣さんがそこへ訪ねていった時にはもういなかったと聞いていたが、近所の人に聞けば、転居先の住所がわかるかもしれないと思ったからだ。

封筒に書いてあったお母さんの名前は石川芙由子《いしかわふゆこ》さん。

苗字が木村ではないことからして、木村さんと離婚し、旧姓に戻ったのだろう。由衣さんの親権を木村さんに渡したのは、経済的な理由があったのかもしれない。

事務所で木村さんの頑固さを目の当たりにした私は、由衣さんが言うように、芙由子さんは木村さんの理不尽な言動に耐えられなくなって出ていったのだろうと推測していた。

「すみません。以前、ここに住んでらっしゃった石川芙由子さんっていう女性、今、どちらにおられるかご存知ないですか？」

封筒の住所周辺の民家や商店で聞きこみをした。何せ二十年以上前の住所だ。知らないという人ばかりで、諦めかけた時、お茶を買いに立ち寄ったコンビニの店員さんに、ダメ元で尋ねると、

「芙由子さんとはどういう関係ですか？」

と聞き返してきた。店長のバッジをつけた年配の女性だった。

「む、娘です！」

咄嗟《とっさ》に嘘をついた。それ以外に、彼女の近況を教えてもらえる間柄を思いつかなかったからだ。

「そうなんだ……。確かに、芙由子さん、ずっと会ってない娘さんがいるって言ってたな」

「それ、私のことです！」

「そうだったのね。ええ。芙由子さん、ここでアルバイトしてましたよ。十五年ほど前まで」

「え？　ほんとですか？」

「けど、変な男が訪ねてきて……。次の日、急に電話で辞めます、って。それっきり」

「変な男……」

「ちょっとガラの悪いホストみたいな……」

どうやら木村さんではなさそうだ。

「芙由……、いや、お母さん、その後、どこに引っ越したかわかりますか？」

「しばらく年賀状の交換してたんだけど、それももう十年以上前に途絶えてしまってね。ちょっと待ってて。その頃ので良ければ、葉書、探してくるから」

親切な店長さんから渡された年賀状の写真だけスマホで撮らせてもらい、コンビニを出た。差出人、石川芙由子さんの住所は八王子市になっていた。

すぐにJRで八王子に引き返した。が、その住所にももう、芙由子さんはいなかった。それでも、また周辺で聞きこみをし、何とか次の住所を入手した。

誰に聞いても、芙由子さんは気が利いて思いやりがある人だ、と答える。そんな人が幼《おさな》い娘を置いて出ていくなんて、よっぽどの事情があったのだろう。

八王子市の次の住所は調布、そして下北沢へ。私は土日を使って由衣さんの母親の足取りを追い続けた。

日曜日の夕方、下北沢のお弁当屋さんの店員さんから聞き出した芙由子さんの次の転居先は……。

「新宿じゃん！」

しかも、由衣さんが働いているルーナ・ビアンカからそう遠くない場所にある古い文化住宅だ。ただ、表札は出ていない。

「ごめんください」

歩き疲れてヘトヘトになりながらも錆びた外階段を上り、インターホンを押した。が、確かに中で人の気配がしていたのに、応答はない。

「すみませーん！　芙由子さん！　おられませんかー？」

聞こえないのかと思い、ドアを叩き、声を掛けると、

「はい……。どちら様でしょうか？」

と、か細い声がした。

──いた！　ついに見つけた！

逸《はや》る気持ちを抑え、不信感を与えないよう落ち着いて名乗った。

「私、篠原光希と言います」

すると、用心深そうに細くドアが開く。隙間から女性の顔が見え、確信した。

「由衣さんのお母さんですよね？」

目許がそっくりだ。

「え……？」

「私、由衣さんの友だち、いえ、親友です」

友だち歴一ヵ月未満だが、少し盛った。すると、芙由子さんの顔色が変わった。

「ひ、人違いです！」

ドアを閉められそうになり、思わず、隙間に足を突っこんでいた。絶対にこの人が由衣さんのお母さんだと思ったからだ。

「痛い！」

パンプスを扉とドア枠の間にぎゅっと挟まれ、悲鳴を上げた。

「ご、ごめんなさい！　大丈夫ですか⁉」

芙由子さんが慌てて開いた扉を摑み、

「お話、聞いてもらえるまで帰りません！」

押し売りまがいのことを叫ぶと、ご近所の目を気にしているのか、

「わかりました。どうぞ……」

芙由子さんは観念したように中に入れてくれた。

狭いが、掃除が行き届き、きちんと生活していることがわかる。簞笥《たんす》やカラーボックスの上には写真立てがあり、水色のスモックを着ている園児の写真が飾られていた。

――由衣さんだ。

赤ちゃんを抱いている若い頃の芙由子さんは色白で、どこか薄幸そうな美人だ。

「芙由子さん、実はお伝えしたいことがあって探していました」

「私に伝えたいこと？」

座布団を置いてくれた芙由子さんは消え入りそうな声で聞き返した。

「由衣さん、もうすぐ結婚するんです」

芙由子さんの白い頬がパッと上気し、バラ色に輝いた。

「本当に？　あの子が？　あの子がお嫁さんに……！」

聞き返す口許が綻び、瞳が嬉し涙で潤んで見える。

「けど……。相手はイケメンの御曹司で、性格もとてもいい人みたいなのに、木村さんは大反対していて、結婚式には出ないって言い張ってるんです」

「え？」

意外そうな顔で私を見る芙由子さんに、私は深く頭を下げた。

「そのことで由衣さん、とても悩んでて。お願いです。せめて、お母さんだけでも結婚式に出席してあげてくれませんか？　このままだと、由衣さんの身内は誰もお式に出ないことになってしまうんです」

芙由子さんは弱々しく首を振った。

「今まで由衣を育ててくれたあの人がお式に出ないのに、私が今さら母親面して出席するなんてできません」

娘の結婚を心底喜んでいるように見えたのに……。

出席を拒否した芙由子さんの顔はとても寂しそうだった。

「あの子を捨ててから二十二年です。今さら由衣に会うなんて……できません……」

「でも、あなたは由衣さんを捨てたわけじゃない。そうでしょ？　私、ここに来てそれがわかりました。芙由子さんは今でも由衣さんのことを、本当に大事に思ってますよね？」

だが、芙由子さんは答えない。私は立ち上がって、勝手に西に向いている窓を開けた。思った通り、ここから由衣さんが働いてる喫茶店、ルーナ・ビアンカが見える。

「あなたはここから由衣さんのことを見守るために、ここに移ってきたんですよね？」

問い詰めると、芙由子さんは観念したように視線を下げたままうなずいた。

「その通りです。でも、それだけで十分なんです。時々、店の前を掃除したり、ビラを配ったりしてる由衣の元気そうな姿が見られるだけで。それ以上のことを望んではいけないんです」

芙由子さんは消え入りそうな声でそう言って俯いた。私は窓を閉めて彼女の正面に座り直した。

「そんなに大切な由衣さんを置いてどうして出ていったんですか？」

「それは……」

芙由子さんは言いにくそうに言葉を途切れさせた。

「確かに木村さんは頑固でわからずやで、あなたが愛想をつかしてしまった気持ちはよくわかります。けど……」

「そんなことは……。ああ見えて優しくて奥ゆかしくて懐の深い人なんです」

芙由子さんがやんわりと木村さんの肩を持つ。

「そりゃ、いいところもあるとは思いますけど。じゃあ、どうしていきなり消えたりしたんですか？　小さかった由衣さんを置いて」

「それは……」

と、また俯いてしまった芙由子さんはしばらくして「すべて私の不徳のいたすところです……」と答えた。

言い淀むその様子からして、何か事情があって隠しているのがわかる。

けれど、何度尋ねても、家を出た事情は教えてもらえなかった。

ただ、芙由子さんが木村さんのことを、そこまで嫌っている様子はない。結婚式に出られない理由は、彼女が言うように、これまで由衣さんを育てた木村さんへの遠慮だろう。木村さんの赦しさえあれば結婚式に出席してくれそうに見える。

「わかりました。木村さんに芙由子さんの気持ちを伝えてみます」

その時、アパートの外の駐車場の砂利を車のタイヤが踏み鳴らすような音がした。途端に芙由子さんの表情が硬くなる。

「私は結婚式には出席しません！　もう、そっとしといて」

「でも……」

説得しようとする私に芙由子さんは頭を下げた。

「お願いです！　帰ってください！　もう二度とここへは来ないでください！」

そう叫ぶように言って立ち上がったかと思うと、芙由子さんは私の腕を引っ張って立ち上がらせ、玄関に向かって背中を押す。裸足《はだし》のまま追い出された私の目の前で扉が閉まった。が、少ししてから薄くドアが開き、その隙間からパンプスがぽいっと通路に放り投げられた。

「な、なんで……」

芙由子さんの豹変した態度に驚き、その場に立ちつくした。

「仕方ない。出直すか……」

暗くなった階段を下りたところで、アパートの駐車場にボロボロの外車が停《と》まっているのに気づいた。車内で黒っぽい服を着た男がタバコを吸っているのがわかる。

その古いシボレーの前を横切った時、車内の男が観察するような目でアパートの二階を見上げているのが見えた。と言っても、見えたのは暗がりで光る体温を感じさせない爬《は》虫類《ちゅうるい》のような瞳だけ。

――なに？　住人？　それとも不審者？

気味が悪くなって、足早にアパートを離れた。

4

翌朝、重い足を引きずるようにして出勤し、溜め息をつきながら受付に座った。

せっかく見つけた由衣さんの母親にも、結婚式の出席を断られてしまったことがショックだった。

「おい。今日はいつもの薄っぺらで底の浅い報告はないのか」

低い衝立《ついたて》の向こうから山王丸の声がする。言い返す気にもなれず、また溜め息をつく。

「もう諦めました、何もかも」

「なんだ、つまらん。諦め悪く猪突《ちょとつ》猛進する行動力だけがおまえの取り柄だったのに」

山王丸が不機嫌になる。

なによ。いつもはもっと考えろ、っていうくせに。

「わかりましたよ。報告しますよ。すればいいんでしょ?」

投げやりな気持ちになりながら、昨日まとめたノートを読み上げる。

「えっと、まず、由衣さんのお母さんは新宿にいました。会いに行って結婚式に出てくれるように伝えたんですけど、木村さんが出席しないのに、自分が出るわけにはいかないの一点張りで追い出されました」

「その時の様子はどんな風だった？」

「頑固でした……。それから、外で気配がすると何かを恐れてるような……。あと、芙由子さんには関係ないかもしれないんですけど、怪しげな男がアパートの下にいて……」

私が見聞きしたことをすべて報告すると、山王丸は、

「よく調べたじゃないか」

と、いつになくご満悦だ。山王丸が私を褒めるなんて、雨が降るかもしれない。

いや、雨どころの騒ぎじゃない。人類滅亡の日が近いのかもしれない。身震いする私を後目《しりめ》に、山王丸が氷室に命じた。

「氷室。今の情報を元に、芙由子の人間関係と周辺を探れ」

「ラジャ」

小さくうなずく氷室を見て、先日覚えた疑問を思い出した。

「そう言えば氷室さん。この前、どうして、アパートとビルの住所、別々に渡したんですか？　近い場所なのに」

「あなたの能力だと一度に処理できないかと思いまして」

「はぁ？　それって、どういう意味ですか？」

カチンときて、ケンカ腰で聞き返した。

「たぶん、二ヵ所を一度に見てしまったら、どっちも『父親との思い出が詰まった場所だ

から』ってばかみたいに簡単に片付けてしまいかねないと思いまして。時間を置いてふたつめの物件を見る時には、少しは冷静な判断ができるのではないかと」

ばかみたいは余計だが、その通りだった。

「お、お気遣《きづか》い、ありがとうございました」

腹立たしい気持ちを抑えて礼を言うと、氷室はドヤ顔で微かに笑った。


それからも毎日、ランチタイムには由衣さんと顔を合わせた。が、芙由子さんのことを伝えるべきかどうか迷い、いつものようにトークが弾まない。

母親が由衣さんのことを見守っていることは教えてあげたい。けれど、由衣さんには会わない、結婚式にも出ない、と言っていることは伝えたくない。私が芙由子さんに会ったことを言えばきっと、由衣さんは会いたくなるだろう。でも、お母さんに拒絶されたら……。私は悶々と悩み続けた。

仕事中に山王丸の許可を得て、何度か芙由子さんのアパートを訪ねたりもした。けれど、インターホンを押しても返事はなかった。

十日ほどが過ぎてもこの状況に変化はなく、私は由衣さんの力になれないまま、結婚式前日の金曜日を迎えてしまった。

そしてその日、木村さんが事務所を訪れた。

「き、木村さん……！」

驚く私には見向きもせず、木村さんは勝手に応接スペースに上がりこんだ。

「山王丸！　この通りだ！　金を貸してくれ！」

木村さんが深々と頭を下げる。

「だから、何で」

山王丸がソファの上でゴロンと寝返りをうち、横になったまま木村さんを見上げる。

「む、む、む、む……」

——むむむむ？

木村さんが言い淀む。本当は絶対に吐き出したくない言葉を、何とか口にしようとしているかのように。

「む、む、娘の持参金だ！　どうしても必要なんだ！　明日、人前結婚式だか何だかをして、そのままガーデンパーティーだか何だかをすることになってるらしい。相手の男にだけ結婚費用を負担させるなんて、娘にそんな肩身の狭い思いはさせたくないんだ！　せめて持参金ぐらいは持たせたい！　頼む、貸してくれ！」

——やっぱり！　借りたいのは由衣さんの結婚資金だったんだ！

私は心の中で声を上げた。

「反対してるんじゃなかったのか？」

山王丸が冷ややかに聞き返した。

「し、仕方ないじゃないか。本人が好きだっていうんだから」

その諦めが詰まったような口調に胸の奥がズキンと痛んだ。

――そんなに手放したくなかったんだね……。由衣さんのこと。

けれど、やっと結婚を認める気になってくれたのだ。それが嬉しくて黙っていられなくなった。

「じゃあ、木村さん！　由衣さんの結婚式に出席してくれるんですね⁉」

私はパーテーションの向こうから応接スペースへ身を乗り出してしまった。盗み聞きしていたのがバレたかもしれない。いや、間違いなくバレたよね。

けれど、木村さんに結婚式への出席を確約してもらわなくては困る。芙由子さんが由衣さんの結婚式に出席してくれるかどうかは木村さんにかかっているのだから。

「木村さん！　お願いです！　由衣さんの結婚式に出てください！」

木村さんが出席すると言ってくれれば、両親揃って由衣さんの結婚を祝うことも夢じゃない。

「そりゃ無理だ……」

歯切れ悪く言い淀む木村さんは、困惑するように首を振った。

「お、俺はあんな華々しい席に出たら、間違いなく過呼吸を起こしちまう」

それはいかにもとってつけたような口実に聞こえた。

「それじゃあ、由衣さんが可哀《かわい》そうですよ。親族がひとりも出席しないなんて……」

その時の由衣さんの気持ちを考えると泣きそうになる。

「そこで相談だ」

と、木村さんが急に山王丸の方を向いた。

「あんた、由衣の父親がわりとしてそのパーティーに出席してやってくれないか？　もちろん、礼はする」

え？　ちょっ……。木村さん、今、何つった？　人選、間違ってない？

「木村さん。早まらないで。探せば、他にもっと適任の人が……」

木村さんを諌《いさ》めようとしたのだが、その前に、山王丸が身を起こし、

「もちろんだ。あんたは大切なクライアントだからな」

と快諾してしまった。

——山王丸ともあろう者が、何でこんな時に限っていい人ぶるわけ？

頭が混乱してきた。

「あんたが俺でいいというのなら、全く問題ない。あんたの娘は二十七。俺が十四の時の子供ということになるが、それで良ければ」

——山王丸、厄年だったのか。ずっと厄年でいろ。

「し、仕方ない。頼む！」

「いいとも。任せてくれ。金の方も心配するな」

えええッ？

私が山王丸に呪いをかけている間に、話がついてしまった。いつもいがみ合っているふたりが親友のような空気になって。

けれど、木村さんは山王丸の真意を疑う様子もなく、闇金《やみきん》も驚くぐらいの高利の借用書を書いて現金を受け取り、上機嫌で事務所を出ていった。

「先生。いったい、何の魂胆があって父親役を買って出たんですか？」

山王丸には絶対に何か思惑がある、と確信していた。

「とりあえず会場に木村の爺さんの席を確保するためだ」

「なるほど……。でも……」

席だけ確保したところで、木村さんの気持ちが変わらなければ、どうにもならない。下手をすれば、本当に山王丸がそこに座ることになってしまう。

「光希。もう一度、由衣の母親のところへ行ってこい。明日、誰にも知られず、由衣の花嫁姿を見られる場所があると言って、このメモを渡せ」

手渡された紙片には、由衣さんが式を挙げるガーデンレストランの住所と部屋番号が書いてあった。きっとチャペルの見える部屋があるのだろう。

「わかりました」

芙由子さんも由衣さんの晴れ姿を見たら、気持ちが変わるかもしれない。これまでも娘の姿は遠目に見てきたかもしれないが、素敵な女性に育った由衣さんを間近で見たら、芙由子さんの罪悪感も薄れるのではないだろうか。うっすらと希望の光が見えてきたような気がした。

5

芙由子さんのアパートへ向かう途中、ふと考えた。

——もう一度、木村アパートへ行ってみようかな。

何となくそんな気持ちになって、少し寄り道することにした。

前回と同じようにコンビニを右に曲がると見えてくる昭和を思わせる一角。見れば見るほど、時代から取り残されたような建物だ。周りはすっかり新しく立派な建物になっているというのに。

——確か、このあたりって、十五年ぐらい前に区画整理もされて、番地も変わったって聞いたことある……。

視線をアパートに戻し、建物全体を眺めた。

「あ！　そうか！」

時の流れに逆《さか》らっているようなこの一角を見て、雷に打たれたような衝撃的な閃《ひらめ》きが頭の中に発生した。

――わかった。このアパートが昔のままの姿でこの場所になければならない理由が。

閃いた私は反射的に走り出し、芙由子さんの住んでいるアパートへ向かっていた。

――早く伝えなきゃ！　木村さんが怒ってないこと。そして、今でも芙由子さんを待ってることを！

そうすれば、芙由子さんも明日の結婚式に来てくれるはずだと確信していた。

大きな通りをふたつ越え、複雑な路地を入って、ようやく二週間前に訪れた文化住宅の二階へ駆け上がった。

「あれ？」

玄関先に引っ越し社のロゴが入った段ボールが置いてある。

――え？　芙由子さん、引っ越すの？　いったい、どこへ？　明日は由衣さんの結婚式だというのに、よりによってこのタイミングで？

やっと、自分の失敗に気づいた。――しまった、芙由子さんに結婚式の日時を伝えてなかった。

焦りながらもドアを叩き、呼び鈴を押した。

「芙由子さん！　芙由子さん！」

呼び鈴を押しながら、扉の前で叫んでいた。

慌てた様子で扉を開けた芙由子さんは、私が立っている二階の通路をキョロキョロ見回している。前回もそうだったが、部屋の前で騒がれるのを恐れているようだ。

「光希さん？」

こんな時間に家に押しかけてきた私を、芙由子さんが怪訝そうに見る。

私はハアハアと息を切らしながら、玄関先に立ったまま聞いた。

「引っ越すんですか？」

私が段ボールに視線を落とすと、芙由子さんはドアの横の壁に立てかけてあったそれを素早く室内に取りこんだ。引っ越し屋さんが勝手に置いていったことに気づいていなかったようだ。

「どこへ引っ越すつもりなんですか？」

「どこって……」

問い詰めると、芙由子さんが言い淀んだ。

「由衣さんの結婚式のことですけど、あなたは木村さんに遠慮してるんですよね？　自分が今さら由衣さんの前に現れたら木村さんが不愉快な気持ちになるって、思ってるんですよね？　けど、それは違います。木村さんは、あなたが帰ってくるのを待ってるんですよ、ずっと」

「え？　あの人が待ってる？　ずっと？」

芙由子さんの瞳が揺れた。

「木村さんは、あなたが住んでいたアパートと、あなたが由衣さんを育てながら働いていた喫茶店を、収益が悪くなってもそのままの形で今まで残してきました。売ったり改築したりしなかったんです。そのまま残しておきたかったんですよ！　いつかあなたが帰ってきた時にわかるように！」

都心では少し前にあった建物がなくなったり、改築されたりして一帯の様子がすっかり変わってしまうことがよくある。目印だったランドマーク的なものがなくなったり、区画整理で住所が変わってしまったりすることも。

木村さんは今でも芙由子さんを待っている。そしてそれはたぶん、由衣さんのためでもある……。

「木村さんはあなたのこと、もう許してるんです。だから、由衣さんの結婚式に出てください」

「でも……」

「お願いします！　結婚式、明日の十一時からなんです！」

「明日……」

そう呟いた芙由子さんの顔はなぜか真っ青になっていた。

「行けません……！　私は明日の朝、引っ越すんです！」

扉を閉められてしまった。

――このまま、由衣さんに会わずにどこかへ行ってしまうの？

二十年以上の歳月を、そう簡単に埋めることはできないのだと痛感した。

それでも私は諦め悪く、ドアポストの蓋を持ち上げ、通路から室内に声を掛けた。

「せめて、見てあげてください！　一生に一度の彼女の晴れ姿を！　誰にも知られず、由衣さんの花嫁姿を見られる場所があるんです！」

必死に訴えたが、何の返答もない。

仕方なく、山王丸から渡されたメモをポストに落とし、部屋の前を離れた。

6

翌日、由衣さんの結婚式当日。私は山王丸からの伝言を伝えるため……、いや、木村さんに最後のお願いをするために木村アパートへ行った。

「み、ミルクちゃん……」

「この際、私の名前はどうでもいいです」

突然訪ねてきた私に唖然としている木村さんに頭を下げた。

「お願いします！　由衣さんの結婚式に出てあげてください！　娘の花嫁姿、見たくないんですか？　このままアメリカに行かせていいんですか？」

問い詰めるように頼んだが、木村さんは首を縦に振らない。

「俺にはそんな資格、ねえんだよ」

「何言ってるんですか！　由衣さんを今日まで男手ひとつで育てたのは木村さんじゃないですか！　木村さんがお式に出ないなんて、そんなの由衣さんが可哀そうすぎます！」

説得している途中、奥の襖《ふすま》がサラリと引かれ、由衣さんが姿を現した。

「あれ？　由衣さん、まだいたんですか？」

いくら小さなパーティーとは言え、ドレスに着替えたり、髪の毛をセットしたりと新婦は準備があるはずだ。

「由衣さん……」

きっと、木村さんに来てほしくて、でも素直に頼めなくてノロノロしてるんだ……。

由衣さんの気持ちを察したが、彼女は私が想像していたのとは違うことを言った。

「もういいよ。光希ちゃん。お父さんの意地っ張りは今に始まったことじゃないから。お父さんは私の結婚式より自分の見栄《みえ》とか意地の方が大事なんだよ」

その横顔はとても寂しそうだった。

「そんな……。木村さん。由衣さんの結婚より大切な意地って何ですか？　私は親になったことがないからわからないけど、我が子の一番幸せな日を見届けることより大切なことってあるんですかッ？」

思わず大きな声で木村さんを非難してしまった。

すると、木村さんは自棄《やけ》になったような口調で、

「相手は何とかって大会社の社長の息子だぞ？　俺が無学なのがわかったら、恥をかくのは由衣、おまえなんだからな！」

と怒鳴る。

――え？　木村さん、そんなことを気にしてたの？

啞然としてしまった私の目の前で、親子はまた睨みあった。

「ばっかみたい！　学がないのは喋らなくても、見たらわかるっつの！　それに、そんな風に、いやいや出席してもらってても、ぜんっぜん嬉しくないし」

「なにぃッ？　おまえ、今、親に向かってばかっつったか？」

「だって、ほんとにばかなんだもん！」

「なんだとーッ？」

「お父さんのばか！　ばかばかばかばか！」

怒鳴った由衣さんは、半泣きで私の横をすり抜け、家を出ていった。

ドアがバタン、と閉まった途端、木村さんがまた空気の抜けたバルーン人形のように項垂れる。

「木村さん。山王丸先生からの伝言があります」

静かに声を掛けると、木村さんが顔を上げた。

「誰にも知られず、由衣さんの花嫁姿を見られる場所があるんです。そこへご案内するので、せめて、見てあげてください。由衣さんの一生に一度の晴れ姿を」

「誰にも知られず？」

木村さんが縋《すが》りつくような目で私を見ていた。

7

緑豊かな庭に小さなチャペルのあるガーデンレストラン。

木村さんを同伴した洋館風のガーデンレストランには裏口があり、そこから建物に入ると、大きなホールへと続く廊下には部屋の扉が五つ並んでいる。

山王丸が指定した部屋番号を探して中に入ると、そこはレストランの個室だった。

豪華なシャンデリアの下には美しいテーブルがある。

奥には大きな窓があり、その窓から見えるガーデンでは新郎新婦の写真撮影が行われていた。

「あ……！」

窓辺にあるカーテンの陰《かげ》に隠れるように、ひとりの女性が立っていた。ちらちらと外の様子をうかがいながら、白いハンカチで涙を拭っている。

「芙由子さん！　来てくれたんですね！」

山王丸のメモを見てくれたのだ。

突然、木村さんが挙動不審になった。

「ふ、芙由子さん。ごごごご無沙汰《ぶさた》してます……！」

真っ赤になり、ガチガチに固まった木村さんは、右手と右足を一緒に前に出しながら芙由子さんに近づいて深々と頭を下げる。とてもわかりやすい緊張ぶりだ。

——これが元嫁に対する態度？　なんか、ものすごくぎこちないんだけど。

「木村さん……！　由衣をこんなに立派に育ててくださって、何とお礼を言ったらいいか」

今度は泣き腫らしたように目許《めもと》を赤くしている芙由子さんが頭を下げた。

木村さん？　芙由子さんも何だか他人行儀だ。

——夫婦でも二十年以上会ってなかったらこんな感じになるのかな。

不思議に思っていると、木村さんが何かに気づいたように芙由子さんの脇をすり抜け、後ろの窓にはりついた。

「由衣……」

窓の外では写真撮影が続いていた。カジュアルなミニのウエディングドレスをまとった由衣さんはとても綺麗で、タキシード姿の新郎の智也《ともや》さんもカッコいい。お似合いのふたりだ。

木村さんと芙由子さんはふたり並んで撮影の様子をじっと見ていた。その後ろ姿は娘の晴れ姿をそっと見守る夫婦そのものなのだが……。

――何だろう。ふたりの間に距離を感じる。

が、ほどなく写真撮影は終わってしまい、新郎新婦は腕を組んで中庭を後にする。

「ミルクちゃん。ありがとよ。これで俺は満足だ」

潤んだ目をして、へへ、と笑った木村さんに従うように、芙由子さんも「私もこれで」と小さく頭を下げる。

「ちょっと待ってください。これから結婚式が始まるんです。出席してあげてください」

引き止めようとしたが、ふたりは窓辺を離れてしまった。

その時、ガチャリ、と入り口のドアが開いた。

「え？　由衣さん？」

微笑み合いながら個室に入ってきたのは、由衣さんと智也さんだ。

「え？　お父さん？」

木村さんに気づいた由衣さんは、木村さんの後ろにひっそりと立っている芙由子さんをじっと見つめ、固まったように立ち尽くした。

「まさか……お母さん？」

言葉が出ない芙由子さんに代わって私が答えた。

「そうです！　由衣さんのお母さん、芙由子さんです！　来てくれたんですよ！」

「嘘……！」

由衣さんが言葉を詰まらせた。その瞳が潤んでいる。

智也さんも、ここに由衣さんの両親がいるとは思っていなかったらしく、驚いたように木村さんと芙由子さんを見比べていた。

娘の晴れ姿を遠くから見守るつもりでやってきたのであろう芙由子さんも、目の前に現れた本人を見て、腰が抜けたようになってヨタヨタと後ずさる。窓枠にぶつかって倒れそうになる芙由子さんを木村さんが慌てて支えた。

——これはもしや……。

一堂に会した四人を見て、やっと気づいた。これはすべて山王丸の作戦なのだ、と。

私は、茫然と立ち尽くしている四人に恐る恐る声を掛けた。

「と、とりあえず、座りませんか？」

すると、この状況を消化しきれない様子の四人は、私に促されるがまま、すんなりとテーブルについた。

——どんなにアプローチしても実現しなかった場面が目の前にある。たぶん、山王丸の思惑どおりに。

ここでそれぞれの立場や心情を互いに理解する時間を持たせようという作戦に違いない。——やるじゃん、山王丸！

が、四人はテーブルについたものの、誰も一言も喋らない。智也さんだけは困ったように黙っている三人を見回しているが、他の三人は互いを見ることもできない様子だ。

木村さんと由衣さんだけならケンカが始まったのかもしれない。が、お互い、芙由子さんと智也さんが抑止力になっているように見えた。

居たたまれない空気が漂う室内、五分以上の沈黙が続いた、その時、コンコン、とノックの音がして、ドアが開き、山王丸が姿を現した。

「先生！」

この澱んだ空気を変え、仲裁役をやってくれるのだろうと思い、心底ホッとした。

ところが……。

「入っていいぞ」

と山王丸が廊下に向かって声をかける。

——え？　誰？　まだ、誰か呼んでるの？

きょとんとしていると、山王丸と一緒に、いかにもガラの悪そうな男が入ってきた。

黒いTシャツにダメージジーンズ、足許はサンダル履きという、おおよそ結婚式には不似合いな出で立《いでた》ちだ。顔立ちは端正だが、ホストとヤクザを足して二で割ったような雰囲気がある男だった。

——この男、どっかで見たような……。

まじまじと見た男の目。それが、暗がりで光る、体温を感じさせない爬虫類のような目許の残像と重なる。

——あ！　芙由子さんのアパートを見てた男だ！

そうとわかった時にはもう、男は室内に入りこんでテーブルの近くに立っていた。

私の横に立った山王丸が、

「こちら、石川さんだ」

とだけ紹介した。

石川という男は、ニヤニヤ笑いながら値踏みするように由衣さんを眺め回している。

芙由子さんは石川と視線を合わせるのを避けるみたいに青ざめた顔を背けていた。

木村さんは愕然とした表情になって、

「お、おまえ、どうしてここに……」

と、絞り出すような声で言った。

どうやら木村さんも石川という男と知り合いらしいが、歓迎している様子はない。そんな空気を気にする様子もなく、石川はヘラヘラ笑いながらテーブルを離れ、室内の調度品を物色するみたいにウロつく。

テーブルについた山王丸が指を組んで芙由子さんに尋ねた。

「芙由子さん。あなたと石川の関係は？」

「え？」

静かに問い詰めるような聞き方に、芙由子さんの目が泳いだ。

「言えばいいじゃないですか。この男との関係を。どうして幼かった由衣さんを置いて出ていかざるを得なかったのか、その理由も」

「そ、それは……」

芙由子さんが由衣さんと智也さんをチラリと見て、すぐに目を伏せる。それだけでこのふたりには知られたくない秘密があるのだとわかった。

が、そんな芙由子さんの気持ちを無視するかのように、石川がテーブルに戻ってくる。それだけで、芙由子さんはビクリと肩を震わせた。この男をひどく恐れているような気がした。

怯《おび》える芙由子さんを庇《かば》うように木村さんが立ちあがった。

「由衣。智也さんと一緒に外に出てろ。俺がこの男と話をつける」

だが、由衣さんも智也さんもどうしていいかわからない様子で顔を見合わせるばかりだ。

石川が木村さんを嘲笑うような顔をして口を開いた。

「そうだな。あんたがちょっとばかし金を用立ててくれたら、今日のところは帰ってやってもいい」

それは人を脅し慣れている男の口調に聞こえた。

「とにかく、おまえたちは早く外へ……」

木村さんは新郎新婦と石川をこれ以上接触させまいとするように、由衣さんを手で追い払うようなゼスチャーをした。

だが、避難を促すような木村さんの言葉に被《かぶ》せるように山王丸が言い放った。

「そりゃ言えませんよね。こんな恐喝の常習犯、いや、それどころか強盗で捕まるような粗暴な男が由衣さんの本当の父親だなんて」

その発言に、私は「え?」と声を上げてしまった。

——この男が由衣さんの父親? 木村さんじゃなくて?

愕然として石川の顔を見た。そう言われてみれば、すっと真っすぐに通った鼻筋が由衣さんと似ている。

個室の中の空気が凍りついていた。

「私の父親？　この男が？」

由衣さんが大きく見開いた目で男の顔を見た。その表情には嫌悪が混ざっている。

木村さんは全身の力が抜けたみたいに、ガタンと椅子に腰を落とし、頭を抱えた。

——これこそが木村さんと芙由子さんが隠していたこと。由衣さんに知られたくなかった真実なんだ……。

石川がクックと喉の奥を鳴らした。

「やっぱ覚えてねーか。そりゃそうだよな。おまえが幼稚園ぐらいの時だったかなあ。一回、ちらっと会っただけだもんな。あの時、俺は芙由子に『由衣も連れて逃げよう』って言ったんだけどよぉ」

「逃げる？」

由衣さんが鋭く聞き返す。

「へへ。あの頃も、莫大な借金があってな。俺はおまえが生まれてすぐに飛んだんだよ。けど、どうしてもおまえたちに会いたくなって、あの晩、迎えに行ったのさ」

「それでお母さんは私だけ置いて……」

由衣さんがハッとしたように芙由子さんを見る。

「ごめんね、由衣……」

由衣さんの顔を直視できなくなったみたいに、芙由子さんが俯いた。彼女が肩を震わせるのを見て、木村さんが声を上げた。

「芙由子さんが謝ることはない。悪いのはこの男だ！　この男はギャンブルに狂ってあちこちに借金しまくって、困ると芙由子さんに暴力を振るって。芙由子さんが由衣のために一生懸命パートして貯《た》めた金をむしり取るような男だったんだ！　由衣を連れていけるわけがない！」

芙由子さんは石川の危害が由衣さんにまで及ばないようにするため、小さかった彼女を置いて、ひとりでついていったのだろう。

すべてを悟ったらしい由衣さんの頬は、すっかり血色を失い、表情は茫然としている。

「お父さん、どうして教えてくれなかったの？」

「言えるわけないじゃないか。おまえがこんな男の娘だなんて……。それなのに何で……。何で山王丸、おまえが言っちまうんだよ。しかも、こんなめでたい席で……」

木村さんが憔悴しきった表情で髪の毛を掻きむしりながら唇を嚙んだ。

「じゃあ、いつまで繰り返すつもりだ？　あんた、娘の出生の秘密を暴露しない代わりに、ずっと金を脅し取られ続けてきたんだろう？　あんたの出納帳にある不定期の使途不明金、この男に搾取されてたんだろ？」

山王丸の追及を聞いてハッとした。

——そうだったの？

不定期で支出される使途不明金のことを、山王丸が氷室に調べさせていたのを思い出す。

木村さんがくやしそうに口を開いた。

「この男は逃亡中に芙由子さんがいなくなったと言って、またアパートに来やがった。由衣を連れていかれたくなかったら金を貸せ、って。何度も、何度も。それも全部、ギャンブルに注ぎこんで、何年か前に強盗で捕まって刑務所に入ってくれた時はホッとした」

が、石川は何を言われても、我関せずといった様子で薄笑いを浮かべている。

それどころか、今度は智也さんに近づき、甘く囁《ささや》くように言った。

「なあ、あんた、御曹司なんだろ？　ちょっとばかり、金、融通してくれよぉ。困ってんだよ、借金取りどもに追いこまれてて。このままじゃ、また強盗でもするしかねえんだよ。なあ、頼むよ」

由衣さんが激しく首を振りながら叫んだ。

「やめて！　智也さんは関係ない！　巻きこまないで！」

「関係ないことないだろ。俺はこのお坊ちゃんの義理の父親になるんだからよ。まあ、こんな父親のいる娘と結婚するのが嫌になったっていうんなら、手切れ金ってことでもいいぞ」

智也さんは困惑したように黙っている。

――このままじゃ、この結婚自体が危うい。

石川の恐喝に怒りが込み上げる。

「ていうか、先生！　なんでこんな男をここに連れてきたんですかッ？」

常軌を逸《いっ》している。

しかも、石川が山王丸に向かって、

「先生。ありがとよ。娘が金持ちの家に嫁《とつ》ぐこと教えてくれて」

と礼を言う。その時にはもう、私の中に殺意が芽生えていた。

「山王丸！　おまえ！　殺してやる！」

私の心の中を代弁するかのように立ち上がったのは木村さんだった。これまで二十年以上、必死で隠してきたことを暴露されたのだから当然だ。何なら、私も加勢する。

が、木村さんが山王丸に摑みかかる前に、電話の着信音が室内に響き渡った。

無表情のまま電話に出た山王丸が、

「ああ。全員、入れてくれ」

と命じた。それと同時に個室のドアが開き、氷室に案内されて二十人ほどの男たちが入ってきた。いかにもヤクザといった風体の男もいれば、スーツを着たインテリ風の男たちもいる。

——ちょ、ちょっと……。何？　この人たち……。山王丸、まだ、何か暴露するつもりなの？

見るからに反社会的勢力と思われる人間がちらほら含まれている団体を見て、唖然とした。

ところが、その男たちを見た途端、石川が狼狽し始めた。

「な、なんで、あんたたちがここに」

明らかに怯えた様子で後ずさりを始める。

「この人たちはいったい……」

私の口から思わず洩れた疑問に、山王丸が答えた。

「石川が借金を踏み倒した金融業者たちだ」

借金取りの団体が石川を取り囲んだ。山王丸はその人垣をかき分けるようにして前へ進んだ。私もその後についていくと、さっきまでの勢いを失い、ビクビクしながら壁に貼り付いている石川がいた。

石川の前に立って、片方の口角を持ち上げた山王丸が口を開いた。

「石川。おまえにはこれからマグロ漁船に乗ってもらう」

「はあ？　何で俺が」

「嫌なら他の返済方法を教えてやろうか？　ここにいる金融業者の皆さんの前で」

そのゾッとするような山王丸の声に、石川は黙った。

「漁船での三年間は無論、タダ働きだ。稼ぎはここにいる金融業者への返済に充てられる」

「く……っ」

何か言い返そうとした石川が、強面の借金取りたちの顔を見て口を噤《つぐ》んだ。

「わかったよ、働いて返せばいいんだろ」

ふてぶてしい態度で承諾する石川に、山王丸が詰め寄った。

「おまえ、借りたものを返さずに、今まで逃げ回っておいてその言い草は何だ。迷惑をかけた人たちに対して他に言うことがあるだろ。今まで金を融通してくれた木村の爺さんにも」

石川はしばらく山王丸の顔を睨みつけていた。が、いかにも武闘派といった雰囲気の金融業者が数名、石川を舐め回すように見ながら距離を詰めると、すぐにくやしそうな顔をして唇を歪《ゆが》め、頭を下げた。

「も、申し訳……ありません……でした」

振り絞るような声でそう言って、何もかも諦めたように床に跪《ひざまず》いた石川の前に、山王丸が雇用契約書を置いた。

「それにサインしたら、このまま港に直行だ。今度は途中で逃げられないように、ここにいる皆さんがおまえの船出を見送ってくれるそうだ」

がっくりと俯いた石川が契約書にサインをし、拇印《ぼいん》を押した。

その契約書を受け取った山王丸が「ああ」とたった今、何かを思い出したように言葉をつないだ。

「言い忘れてた。三年で返済できるのは元本の分だけだ。利息分を払うためにはさらに十五年ぐらいかかるかもしれないなあ」

「え？」

石川が愕然とした顔をあげる。涙目になってふるふると首を横に振っている。

「借りた金を返すのは人として当たり前のことだろ」

「そんな……。じゅ、十八年も海の上で働くなんて……」

ずっと強気だった石川の顔が絶望に打ちひしがれる。項垂れる石川を一瞥した山王丸が思わせぶりに口を開いた。

「何なら、俺が肩代わりしてやろうか」

「え？」

ハッと顔を上げた石川が両手を合わせ、

「た、頼む！」

と山王丸を拝んだ。

「おまえの心がけ次第だが」

石川が山王丸の足にすがりついた。

「助けてください！　何でもします！　お願いします！」

「いいだろう。では、こちらにもサインしろ。そして二度と、ここにいる人たちに近づくな。それが条件だ」

次に山王丸が提示したのは離婚届だった。

——嘘……。芙由子さん、まだ離婚できてなかったんだ。

石川が刑務所に入っている間に離婚することもできたのだろうが、仕返しが怖かったのかもしれない、とその胸中を察した。

「こ、これでいいか⁉」

すごい勢いでサインをした石川が、震える手で離婚届を差し出した。

「今度、その面を見かけたら、マグロ漁船の雇用契約が復活するからな」

「に、二度と芙由子や由衣に近づきません！　木村さんにも！」

そう叫び、石川は逃げるようにして個室を出ていった。

開きっぱなしになった入り口の扉から氷室が顔を出し、

「では、債権者の皆さんは事務所の方へ。返済の手続きをします」

と、債権者たちを連れていった。

木村さんも芙由子さんも、そして新郎新婦も、茫然とテーブルの周りに立ち尽くしていた。

「い、いいのか、山王丸、肩代わりなんて……」

木村さんがオドオドと尋ねる。

「友だちじゃないか」

山王丸がニヒルに笑う。

――私、山王丸のことを誤解してたかもしれない。こんなにいい人だったなんて……。

感動している私の横に立った山王丸が、

「さて……」

と、全員に着席するようゼスチャーで促した。

毒気を抜かれたようになっている四人は皆、山王丸に指示されるがまま、すとんと椅子に腰を下ろす。

山王丸が芙由子さんに向かって言った。

「芙由子さん。あなたが幼い娘を置いて出ていかざるを得なかった理由は、これで由衣さんにもよく伝わったでしょう。何か言ってあげたらどうですか？」

山王丸に水を向けられた芙由子さんは、色々な想いが込み上げた様子で目頭を押さえた。

「由衣……。ごめんね……。あの男がいなくなった後、木村さんが陰になり日向になり私たちを助けてくれたの。この人なら由衣を大切にしてくれるって確信した。けど、どんな事情があろうとも、まだ小さかった由衣を置いて出ていってしまったこと、ずっと謝りたかった。きっと寂しい思いをさせてしまったよね……。本当にごめんなさい」

頭を深く下げる芙由子さんを見て、由衣さんの頬を涙が滑った。

「正直言うと、寂しかったこともある。参観日の時とか運動会とか、いつもお父さんしか来なくて。両親と一緒に楽しそうにしてる他の子と自分を比べたりして。けど、お父さんは私が肩身の狭い思いをしないように、参観日にはいつもは着ないような立派なスーツで来てくれたし、運動会の時には料亭のお弁当を持ってきてくれたの。お母さん、私、ずっと幸せだったよ。だから、私を産んでくれてありがとう。そして、お父さんに託してくれてありがとう」

「由衣……」

声を震わせた芙由子さんがハンカチで口許をおさえた。由衣さんは優しくうなずきながら芙由子さんを見ていた。ずっと疑問に思っていた母親の失踪《しっそう》理由。それが自分を守るためだったと本人の口から聞き、心からホッとしているように見える。

山王丸が今度は木村さんを見た。それだけで、木村さんがビクリと両肩を跳ね上げる。

「今、言わなきゃ、永久に言えなくなることもあるんだぞ」

その山王丸の言葉に背中を押されたみたいに、木村さんが頭を下げた。

「すまん、由衣！　ずっと父親面して、おまえに厳しくしたりして。俺なんて、ほんとの父親でもないのに！　本当にすまん！」

「お父さん……」

頑固な父親の謝罪に、由衣さんが驚いた顔になる。

「修学旅行、行かせなくてすまなかった。パスポートとるのに戸籍謄本とかいるし、由衣に本当の親子じゃないと知られるのが怖かったんだ！　就職もさせなくてすまん！　何より、こんないい縁談に反対してすまなかった！」

声を振り絞るようにして謝罪する木村さんに由衣さんはサラッと告白した。

「ごめん、お父さん。実は私、行ったんだ、修学旅行」

「へ？」

木村さんがぽかんと由衣さんを見る。

「だって、おまえ……。修学旅行は諦めて予備校の夏期合宿に行ったんじゃ……」

「ごめん。あの時、お父さんに書いてもらった同意書、実は予備校のじゃなくて、パスポート取るための書類だったんだ」

「は？　それじゃ、おまえ、あの時にはもう……」

唖然としている木村さんを見て、由衣さんがテヘと笑った。

「うん。高校生の時には知ってたの、本当の親子じゃないってことは」

その告白に私は心の中で絶叫した。

――ええ――!! そうなのッ？ そんなに前から本当の父親じゃないって知ってたのッ？

叫びそうになった口を思わず両手で押さえる。

「本当のこと知った時は、お父さんの子供じゃないってことが悲しくて悲しくてめちゃくちゃ泣いた。けど、一晩泣いて気づいたの。知らなかったことにすれば、このままずっと親子でいられるんじゃないか、って」

木村さんは愕然とした顔だ。

「まさか、そんな……。おまえが知ってたなんて……」

由衣さんが背筋を伸ばし、居住まいをただしてから頭を下げた。

「お父さん。ごめんね、こんな娘で。いっぱいケンカしたし、ぜんぜん親孝行できなくて。でも、私のお父さんはあなただけだから」

由衣さんは自分と木村さんの間に血のつながりがないことを知りながら、木村さんのことを唯一無二の父親だと思っていたのだ。だからこそ、遠慮なく親子ゲンカができたのだろう。

木村さんの目にぶわっと涙が盛り上がるのが見えた。

「畜生！　何でおまえが謝ってんだ！　謝るのは俺だ」

木村さんが手の甲で目蓋をゴシゴシ擦りながら号泣している。

そんな木村さんを由衣さんは温かい目で見つめていた。

が、すぐに表情を引き締め、今度は智也さんの方を向いた。

「智也さん……。こんなことになってごめんなさい。お父さんと血がつながってないことはわかってたけど、まさか、あんな男が父親だったなんて知らなかったの」

智也さんは言葉が見つからない様子で瞬きを繰り返しながら、由衣さんを見ている。

「私、やっぱり智也さんに相応しくない。だから、この結婚はやめにしましょう。ね？婚姻届を出す前でよかったよね」

それが本心でないことは、由衣さんの目尻から零れる幾筋もの涙でわかる。

智也さんは何と言っていいのかわからない様子だった。その智也さんに山王丸が挑むように言った。

「おまえには覚悟というものがないのか」

「覚悟？」

ずっと黙っていた智也さんがおうむ返しに聞き返す。

「あんなチンピラよりも、木村の爺さんの方がよっぽど恐ろしいぞ。娘を泣かせたら間違いなくおまえは殺される。そんな覚悟もなく、結婚しようとしてるのかと聞いてるんだ」

テーブルの上に置かれていた智也さんの両手がぎゅっと握りしめられた。

「由衣の父親が誰であろうと関係ない。僕は真っすぐで、明るい由衣自身が好きなんだから。何があろうと、これからは僕が由衣を守ります」

毅然と宣言した智也さんがしっかり顔を上げ、木村さんの方に向き直った。

「お父さん！　すみません。こんなに大切に育ててくれた由衣さんを連れていってしまって」

すると、木村さんは奥歯を嚙みしめているような声を出した。

「それは許さん」

——え？

由衣さんと芙由子さんもぽかんとしている。

「やっぱり、まだ由衣に結婚は早い。あんたがニューヨークから帰ってきた時に、まだお互いの気が変わってなかったら、でいいんじゃねえか？」

由衣さんの目尻が見る見る吊り上がった。

「はあ？　お父さん、まだ、そんなこと言ってんの？　バッカじゃないの？　私、もう今年で二十八だよ？」

「は？　おまえ、今、親に向かってばかかっつったか？」

何だかデジャヴ……。また親子ゲンカが始まるのか、と思いきや、ふたりは短い沈黙の後、同時に噴き出した。

由衣さんは半泣きで、それでも笑いながら言った。

「お父さん。こんな娘だけど、男の人を見る目だけは信じてね。私が智也さんを好きになったのは、彼がお父さんみたいに生真面目《きまじめ》だからなの」

表情を崩した木村さんの顔が、涙でぐちゃぐちゃになった。

「ば、ばかやろう……！　こんなトコで、そんなこっぱずかしいこと言うんじゃねぇよ」

木村さんは泣きながら悪態《あくたい》をついた。

由衣さんは潤んだ瞳のままニッコリ笑った。それは本当に美しい笑顔だった。

「ということで、お父さん。お母さんともども、これからもよろしくね」

「え？　お、お母さんともども？」

素っ頓狂な声を上げた木村さんがハッとしたように芙由子さんの顔を見るが、すぐに直視できなくなったように目を伏せる。まるで初恋の人を見る少年みたいだ。

「ば、ばか！　俺と芙由子さんはそんなんじゃねぇ！」

茹でダコのように真っ赤になりながらも、木村さんが否定する。芙由子さんとは手もつないだことがないことを確信させる初々しい反応だ。

芙由子さんが涙を拭いながら木村さんの方を向いた。

「木村さん。あの男から逃げて転々とする私の気持ちを支えてくれたのは、あなたと由衣と三人で過ごした平穏な日々の記憶だったんです」

「ふ、芙由子さん……」

木村さんがまた茹でダコみたいになった。

「木村さん。私、あの日に戻りたいんです。あの時に戻ってやり直したい……。木村さんさえ良ければ」

「え？　そ、そんな！　いいに決まってるじゃないですか！」

答えた後で恥ずかしそうに俯いた木村さんの前に、山王丸が一枚の紙を置いた。

「これは俺からの祝儀だ」

それはさっき石川にサインさせた離婚届だった。

――これでやっと、本当の意味で芙由子さんは自由の身になったんだ。

木村さんが目頭を押さえ、感動と反省の涙を流している。

「山王丸……。おまえってヤツは……。ほんとはいいヤツなんだな……。すまなかった、いつもいつも短気が出て、怒鳴ってしまって」

「親友じゃないか」

再び耳を疑うようなセリフを残し、山王丸が個室を出ていく。これで何の隠し事も不安もわだかまりもなく、由衣さんは結婚式を迎えられるのだ。

――こんな謝罪もあるんだな……。

私まで清々しい気持ちになった。

8

その後、木村さんと芙由子さんは、両親として結婚式に出席した。式は、出席者の前で由衣さんと智也さんが永遠の愛を誓う、人前式で行われた。式の間、由衣さんは一点の曇りもない笑顔で、本当に素敵な結婚式だった。

そしてその晩、由衣さんからお礼のメッセージが届いた。木村さんはアパートとビルを売って、郊外に二世帯住宅を建てる気になっているという。そこに芙由子さんが来てもいいように、部屋はひとつ多めに設計するのだとか。そして、メッセージの最後に、山王丸にも感謝の気持ちを伝えてほしいことが書き添えられていた。

翌週、私が上機嫌で出勤すると、事務所に高級そうなスーツを着たビジネスマン風の男がいた。山王丸と談笑していたその男は腕時計に視線を落とすとすぐに立ち上がり、横に置いていたビジネスバッグを摑んだ。

「では、明日から木村アパートとビルの測量を始める」

そう言って立ち去る男の背中に山王丸が、

と声を投げた。

「例の件も忘れるな」

男が『了解』とばかりに、キザにピースサインを横に振ってから事務所を出ていく。

「何者なんですか？　あの人」

「ああ。馴染《なじ》みの地上げ……じゃなくて不動産屋だ」

山王丸は悪びれた様子もなく、平然と言った。

「は？」

「もう木村の爺さんの不動産が、あの場所にあの形のまま存在する必要はなくなったからな。売却するのは間違いない」

つまり、男が言っていた測量というのは、木村さんが所有する物件を売るための準備なのだろう。今回の件で山王丸にハートをがっちり摑まれた木村さんが、この事務所に売却の仲介を頼んでくるのは間違いない。

「じゃあ、例の件って何なんですか？」

「例の件は例の件だ」

山王丸が有耶無耶にごまかすように言う。

「まさか、物件を売却したら、キックバックをもらうとかそういうことじゃないでしょうね？　まさか、最初からそのつもりで木村さんに親切ぶったり、芙由子さんの離婚を成立させる手伝いをしたんじゃ……」

思い当たる節ばかりだ。

「そんなわけないだろう。アイツは俺の大切なクライアントであり、親友だ」

これまでの山王丸の行いからして、そんな美しい話は鵜呑《うの》みにできない。疑惑の目を山王丸に向けていると、氷室が数字の並んだ一覧表をプリントアウトして山王丸に差し出した。

「先生の言った通り、石川に金を貸していた金融業者のほとんどが、利息制限法の上限を超えた利子で貸し付けを行う悪徳業者でした。うちが肩代わりした真っ当な銀行からの借り入れ金と相殺しても、戻ってくる過払い金は五百万以上になります」

氷室から受け取った一覧表を眺めた山王丸はニヤリと笑い、

「思った通りだ。石川は木村の爺さんから脅し取った金を金融業者への返済に充ててたはずだと思った。金額は、ま、こんなもんだろ」とうなずく。

まさか、石川の借金を肩代わりすることで、過払い金が入ることも想定済みだったのだろうか。

「あなたはどんだけ金の亡者なんですかッ？」

我慢できなくなって叫んだ。

が、山王丸は私の怒りなど歯牙《しが》にもかけず、ゴロンとソファに横になって、

「木村の爺さんが引退して、相談に来なくなると退屈になるな……」

と、少し寂しそうに呟いた。

第4章

1

山王丸総合研究所への出向期間が残すところ十日あまりとなったある日、二階のフロアへコーヒーを出すように頼まれた。

一階とは比べ物にならないピカピカの大理石の流し台。イタリア製の純白の食器棚。そこからシルバーのトレイを出して、上にロイヤルコペンハーゲンのカップを並べる。それだけでテンションが上がった。

「失礼します」

二階の右側のミーティングルームのドアを優雅にノックして中に入る。

山王丸の向かいのソファに座っていたのはスーツを着たふたりの男性だった。謝罪に関するクライアントの情報は直接山王丸に入る。そして、その情報は正式に依頼が決定するまでは一切誰とも共有されない。だから、この時点では、私には相手が何者なのかわからない。

ふたりのうち四十歳前後に見える方の男性が上座に座っていたので、その前にそっとコーヒーを置いた。

――あれ？　この人、どっかで見たことがあるような。

その男性の全身から爽やかな空気が溢れ出しているように感じた。

見るからに高級そうなスーツを着て、髪も爪も綺麗に手入れされている。足許に目をやると、先の尖ったお洒落な革靴だ。

――誰だっけ、この人……。

断片的な記憶が甦った。この男性が記者クラブで、堂々と外国人記者たちの質問に答えている姿だ。

――あ!!　思い出した！　この人、民自党の加納勇一《かのうゆういち》だ！

思わず声を上げそうになるのをぐっとこらえる。

加納勇一は埼玉《さいたま》六区選出の三世議員だ。彼の祖父は総理経験者、六年前に彼に票田を譲り昨年亡くなった父親は民自党の重鎮で幹事長や大臣を歴任した。いわゆる政界のサラブレッドだ。

勇一氏はその毛並みの良さと清潔感溢れるルックス、そして庶民に寄り添うわかりやすい発言で人気の政治家だ。女性誌の行ったアンケートで総理になってほしい政治家の一位。しかもスキャンダルには無縁で清廉潔白なニューリーダー……のはずなのだが……。

——こんな立派な人がどうして……。

ここに来てるってことは、何かやらかしたんだよね？　世間様に謝らなきゃいけないような何かを。

国民を代表して失望感に苛まれながら、サラブレッド代議士の隣に座っている年配の男性の前にもコーヒーを置く。

こちらは六十歳前後だろうか。代議士とは対照的にスーツも顔もくたびれているように見えた。ふくよかで愛嬌《あいきょう》がある丸顔だが、白髪が多く、ずいぶん疲労が溜まっているように見えるその男性が茶色の手帳を広げた。中にはぎっしりとスケジュールらしきものが書きこまれている。

最初に口を開いたのは加納勇一だった。

「久しぶりだな、山王丸」

彼は親しげな笑みを浮かべている。

——え？　なんだ……。知り合い？　依頼者じゃなかったの？

国民を代表してホッとした。

一方の山王丸は無遠慮な目つきで代議士を値踏みでもするようにジロジロ見ている。

「ああ、久しぶりだな。大学卒業以来か」

「本当に久しぶりだ。あれからもう二十年近く経つんだな」

何だか取って付けたような空々しい会話だ。ふたりがどんな関係なのか気になって、山王丸の前にコーヒーを置いた後もわざとノロノロとお辞儀をし、ゆっくり遠回りしてソファを離れる。

「それにしても……。君がこんなところでこんな……ゴホン、いや、何と言うか、コンサルをしているとは意外だったよ」

それは見下すというより本当に驚いている様子に見えた。すると山王丸は片方の口角を持ち上げて、

「で？ 将来を嘱望される政治家先生が、かつて首席の座を奪われたまさかの謝罪コンサルに何の用だ？」

と、嫌味たっぷりなトーンで言い返す。あからさまに挑発的な態度だった。が、加納代議士は紳士的な態度を崩さなかった。

「気を悪くしたなら謝る。正直に言うと、どこかの省庁で事務次官でも目指しているものだとばかり思っていたから」

「役人の仕事には興味がない」

「そ、そうか……」

なかなか核心に踏みこめない、ぎこちない空気がたちこめている。この雰囲気を変えたのは代議士の隣に座っていた男性だった。彼は柔和な笑みを浮かべ穏《おだ》やかに口を開いた。

「私は加納の秘書で恵比寿《えびす》といいます。ご説明は私の方から」

恵比寿と名乗ったその男性が、これまたヨレヨレの鞄《かばん》から一枚の紙を出してテーブルに置いた。

「実は来週の週刊凡春にこの記事が載るんです」

恵比寿秘書が封筒から出したのは週刊誌のゲラらしき紙だった。夜、窓越しにズームで撮影された写真らしく、画質が悪い。しかも、写っているのは封筒を渡している手元だけだ。これでは誰が何を受け取っているかもわからない。

それなのに、見開き上部には大きな字体で『民自党・若手のホープ、加納勇一衆議院議員に五百万円の収賄疑惑。ＩＲの情報リークの見返りとして』の見出しが躍っている。写真の下に書かれているのは『ゼネコン大手の台田《だいた》建設役員からワイロを受け取る加納議員』というキャプション。

好奇心を抑えられず、クライアントの背後からそっとのぞきこんだ記事によれば、加納代議士は統合型リゾート《IR》施設が誘致される場所の情報を入手、事前に建設会社にリークし、その見返りとして五百万を受け取ったという。加納代議士から情報を得たゼネコンは建設予定地周辺の土地を購入し、政府の正式発表と同時にその土地周辺の地価は高騰した、とある。

「撮られた証拠写真はこれだけなのか？　これだけでは証拠とは言えんだろう」

拍子抜《ひようしぬ》けしたように尋ねる山王丸に、恵比寿さんが答えた。

「今回はこれだけなのですが、凡春は続報を匂わせていて……」

山王丸はつまみ上げるようにして眺めていたゲラを、「だろうな。これは凡春とは思えないほど地味な写真だ」とつまらなそうに再びセンターテーブルに投げた。その不鮮明な写真を見てザワザワする。

恵比寿さんが説明を続けた。

「実は、ことの発端は台田建設にマルサが入ったことだったんです。脱税の疑いによる査察調査で二重帳簿が見つかり、五百万の使途不明金が発覚してしまいまして」

「その金が加納に流れたという証拠は？」

山王丸が鋭く尋ねると、秘書の恵比寿さんは、

「気の弱い台田建設の社長がワイロとして渡したことを認めてしまったんです……」

と俯いてしまった。

――嘘！　じゃあ、ワイロを受け取ったっていうのは本当なのね？　加納代議士、真面目な人だと思ってたのに……。信じられない。

私は国民を代表してガッカリした。

「そこで相談なんだが、この件について釈明したい。会見のコーディネートを請け負ってもらえないだろうか」

という代議士の言葉で、依頼が確定した。

「光希、同席していいぞ」

山王丸が初めて私に同席を許した。

――マジで？　やった！

私はすぐさま山王丸の隣に座った。お盆を胸に抱いたまま。

「同席させていただきます。スタッフの篠原光希です」

コーヒーを配っていた女がいきなり正面に座ったせいか、ふたりは目をパチパチと瞬いていた。が、山王丸はそれまでと変わらないトーンで会話を続ける。

「釈明会見？　謝罪じゃないのか？」

そう聞き返す山王丸に、加納代議士がきっぱり断言した。

「私はやってない」

その返事に被せるように、恵比寿さんが、

「私なんです！　私が受け取って着服したんです！」

と、叫ぶように告白。その瞬間、加納代議士は目を伏せた。その顔は秘書の不始末に落胆しているように見える。

「つまり、この記事は間違いだと？」

山王丸が確認すると、丸顔の秘書は「は、はい……」と消え入りそうな声で答えて俯く。言われてみれば、政界の御曹司がそんなはした金を受け取るとは思えない。

「ふーん」

山王丸は意味ありげに眉尻を引き上げた。

しばらくして、項垂れていた恵比寿さんが顔を上げた。

「私は今回の責任を取って秘書を辞めるつもりです。逮捕されるかもしれませんし、何よりも代議士に迷惑をかけたくありませんから」

恵比寿さんの言葉を聞きながら、加納代議士は唇を嚙んでいた。

——不正を働いた秘書を責めることもせず、こんな辛そうな顔をして……。

加納代議士は世間の評判どおり、本当に思いやりのある人格者なのだと実感した。ところが、山王丸は冷めた表情のまま、「それで？」と、話の続きを促す。

今度は加納代議士が口を開いた。

「いくら秘書の不祥事とはいえ、雇用主として国民に釈明する義務がある」

それを聞いて山王丸がふふんと笑った。

「それで、まさかの俺に会見のコーディネートをしろと？」

加納代議士が秘書の不祥事で困っているというのに、山王丸はさも楽しそうな顔をして嫌味ばかり言っている。

——絶対、友だちじゃないよね。少なくとも、山王丸にとっては。

旧友を頼ってきた加納代議士が気の毒になった。

「で、ここは民自党の八重山《やえやま》に聞いてきたのか」

どうやら、民自党の重鎮、八重山官房長官も山王丸に謝罪会見を依頼していたようだ。

ここは京都の花街などと同じ、一見さんお断り、紹介がなければアポが取れないコンサルだ。あまり有名になりすぎては仕事に支障が出る、と山王丸は言っているが、単に上客の選り好みをしているだけのような気がする。

「凄腕の炎上クローザーがいるという噂は永田町でも実《まこと》しやかに囁かれていた。だが、私自身はその存在を信じてなかった。山王丸という名前を聞くまでは」

「今は信用してるのか？　凄腕の炎上クローザーとやらの存在を」

山王丸が皮肉な笑みを浮かべる。

「もちろんだ。君ならきっと、どんな難しい案件も解決するだろう。学生時代、私の唯一無二のライバルだった君なら」

その称賛にも山王丸は、ふん、と冷笑で返した。

「会見の予定はいつだ？」

「この記事が載る週刊誌が発売される日のなるべく早い時間に釈明がしたい」

「次の凡春の発売日まで今日を入れて四日か」

ふたりの会話をメモしていた私は一瞬遅れて、「そんな無茶な！」と声を上げそうになった。いや、上げてしまった。その証拠にクライアントが目を丸くして私を見ている。

――だって、まだ何の情報収集もできてないし、いくら何でも準備期間が短すぎる。

なのに、山王丸の口許にはいつもの不敵な微笑が貼り付いたまま。

「気に入った。引き受けよう。コンサル料は追って知らせる」

そう言って、山王丸が手を伸ばして握手を求めたのは加納代議士ではなく、秘書の恵比寿さんの方だった。

「え？」

恵比寿さんは虚を衝《つ》かれ、戸惑っている様子だ。

「詳細はまた後ほど聞かせてもらいます」

「は、はあ……」

それでも山王丸の迫力に押されたみたいに、彼は困惑顔のまま右手を伸ばして山王丸の手を握り返した。

クライアントが帰った後のミーティングルームに、私と氷室、そしてＷＥＢサーズデーの北条が呼ばれた。

北条はウェブニュースの記者でありながら、謝罪コンサルの一味、山王丸の手先だ。会見場での発言や質問によって場内の空気をコントロールし、うまく鎮火へと誘導する。

スタッフが集まったミーティングルームで最初に口を開いたのは山王丸だった。

「問題は凡春が匂わせている第二砲の内容だ。会見直後に秘書が受け取ったワイロ以外のとんでもないスキャンダルが暴露されてしまっては、たとえ会見で鎮火したとしても意味がない」

山王丸の言葉に、北条が「そう言えば」と何かを思い出したような顔をした。

「凡春のキャップで冨田《とみた》ってヤツがいるんですがね。この冨田が、民自党の議員会館周辺をウロついてるのを見た、って政治番の記者から聞いたことがあります。冨田は凡春のエース級の記者です。今回の記事が冨田のスクープかどうかはわかりませんが、もし冨田だったとしたら、加納代議士の息の根を止めるようなもっとすごいネタを摑んでてもおかしくない」

山王丸は興味深そうに「ほう」と呟き、ソファにもたれて足を組んだ。

「腐っても、加納は民自党若手のホープだ。大臣だった父親の死でリーダーを失った加納派は、いずれ勇一を党のリーダーに据えようと考えているはずだ。そんな与党第一党の看板議員に凡春が食いついたってことは、民自党としても庇いきれないような決定的な証拠があると考えるのが自然かもしれないな」

それはどこか他人事《ひとごと》のような、余裕のある言い方だった。が、氷室は珍しく浮かない表情を見せている。

「会見までの日数が短すぎます」

ＡＩ並みの頭脳に、既に黒星が点灯しているかのような口調だ。私も、

「もし、今回の会見に失敗して炎上してしまったりしたら……」

と思わず、不安を口から洩らしてしまった。

もし、炎上したら、永田町で実しやかに噂されているという炎上クローザーの信用は地に堕ちるだろう。

――山王丸総合研究所始まって以来の黒星が永田町界隈《かいわい》に知れ渡ってしまったら……。

頭の中で悪い想像が膨《ふく》らむ。それなのに、山王丸は「失敗する可能性が高いからこそ面白いんじゃないか」と、興奮を抑えるような顔をしている。

「北条。凡春の第二砲を探ってくれ」

山王丸から指示を受けた北条は「了解」と敬礼して手帳を内ポケットに入れ、席を立つ。

「氷室は写真が撮られた日の恵比寿の行動を洗え。それから金を渡したっていうゼネコンの社長もだ」

「ラジャ」

氷室もタブレットを小脇に抱え、ミーティングルームを出ていく。

「私は？　私は何をすれば？」

勇んで聞くと、山王丸は面倒くさそうに、「加納と雑談でもしてこい」と、投げやりな感じで言い渡した。

「加納代議士と雑談。わかりました！」

ノートに書くほどの指示ではないが、一応、書きこむ。

「怪しまれないようにな」

「了解です」

私はノートを閉じ、ミーティングルームを飛び出した。そして、恵比寿さんに電話を入れ、加納代議士との面談を打診してみる。

『今日の午後なら、加納は議員会館にいます。三十分ぐらいならお会いできます』

忙しいであろう代議士のアポがあまりにもあっさりと取れてしまった。謝罪コンサルのスタッフとの打ち合わせを優先したのかもしれない。雑談なのに申し訳ない、という気持ちになりながらも、午後三時にアポを入れてもらった。

そして、午後三時きっかりに、私は国会議事堂の裏手にある議員会館へと足を運んだ。

——うわあ……。議員会館の中って、こんな風になってるんだ……。

由緒あるホテルのような臙脂《えんじ》色のカーペットを敷きつめたロビーで秘書の恵比寿さんが来るのを待った。要所要所に警備員が配置されているが、学生らしき見学者や一般人にしか見えない訪問客、プレスの腕章を付けた記者がウロウロしている。もしかしたら、ここに凡春の記者が紛れこんでいるのかもしれない。そんなことを考えながら、キョロキョロしていた。

「篠原さんですか?」

声をかけてきたのは恵比寿さんではなく、年配の女性だ。

「あ、はい。篠原です」

「第一秘書の恵比寿から御案内するように申しつかってきました。私、加納の秘書で宮澤《みやざわ》といいます」

どうやら秘書は恵比寿さんだけではないらしい。

その女性に案内された議員執務室の窓からは官邸が見えていた。

その窓辺に佇んでいる加納代議士。さすが女性の支持率ナンバーワンだ。振り返る仕草《しぐさ》もいちいちカッコいい。

「え? 本当に君ひとりなの?」

彼は執務室の入り口に立ち尽くす私を振り返り、ひどく拍子抜けした顔になる。

「す、すみません……」

山王丸本人が来ると思っていたのだろう。

「まあ、どうぞ」

加納代議士は気を取り直したように爽やかに笑って、執務室へ入るよう促してくれた。

私はあたりを見回しながら室内に入る。

「わ。これ、草加せんべいのマスコット、せんべぇ君ですよね？　可愛いですね！」

キャビネットの上には埼玉選出の議員らしく、特産品のゆるキャラ人形や銘菓の実物やパンフレットが並んでいる。加納代議士は嬉しそうな顔をしてこちらへ歩み寄り、草加せんべいに顔と手足が付いているフェルトの人形を手に取った。

「埼玉のご当地キャラを作ることになった時、二千五百通もの応募があってね。私も審査員として参加させてもらったんだ。そのコンテストで優秀賞に輝いたこのせんべぇ君は小学三年生の女の子がデザインしたものだったんだよ。今ではそれが全国区の人気者になってテレビでもよく見かけるようになって」

と自分のことのように誇らしげに語る代議士が背にしている壁の一面には、地元の支援者と一緒に写っている写真や、どこかの畑で農家の人たちと一緒に農作業をしている写真など、地域に密着した議員らしい写真が沢山貼ってある。

「私はまだ議員を辞めることはできない。これまで応援してくれた地元の人たちにまだ恩返しができてないんだ」

その言葉には埼玉と地元の人たちへの思いが詰まっているような気がした。そして、彼は自分が思い描く日本の未来について熱く語った。老若男女が助け合い、生き生きと生活できる社会にするためのマニフェストを私にもわかる平易な言葉で話してくれた。加納代議士が思い描く未来の日本は夢のような理想郷だったが、彼の口から語られると実現できるような気がした。そして最後に、

「こんな汚名を着せられたまま辞職するようなことになったら、亡くなった父や祖父にも申し訳が立たない」

と振り絞るような声で言った。

三十分ほど喋ったところで、執務室のドアがノックされ、私をここに案内してくれた女性が別の来客を告げた。

「今日はお忙しいところありがとうございました」

「またいつでもいらっしゃい」

爽やかに笑った加納代議士は宮澤さんに指示して、お土産の草加せんべいと、しゃくし菜の漬物を持たせてくれた。

——めちゃめちゃいい人じゃん。

2

翌日、出社してすぐ、内線電話で山王丸に呼ばれ、二階に上がった。

フロアのオープンスペースに人影が見える。円テーブルを囲むスツールに氷室と山王丸、そして北条の姿があった。

既に氷室がタブレットを操作しながら報告を始めている。私も急いで背の高いスツールによじ登り、腰を下ろした。

「写真を撮られたレストランは、台田建設の社長が予約したことがわかりました。ただ、二名という記録だけで、会食の相手まではわかりません。それから、秘書の恵比寿さんですが、彼はただの秘書ではなく、先代の頃からの金庫番です。これまでは加納派の金に手を付けた形跡や噂もないようですが、たまたまワイロを受け取った時に限って魔が差したのかもしれませんね」

「そんな……。魔が差したでは済まないでしょ。加納代議士の政治家生命を脅やかしかねない不正なんですから」

昨日、加納代議士の誠実な人となりに触れた私は熱くなってしまった。

今度は北条が手帳を開いて報告を始める。

「凡春の方なんですが、なかなか次のネタが見えてきません。ただ、民自党にも動きがないところを見ると、もしかしたら今回のスクープがまだ党本部の耳に入ってないのかもしれませんね」

北条の報告に山王丸は「ほう」と興味をそそられた様子だった。

「つまり、アイツは今、いつ党本部にこのことがバレるか、ビクビクしてるわけだ」

山王丸はめちゃくちゃ嬉しそうだ。その顔を見て、私は黙っていられなくなった。

「先生はどうしてそんなに加納代議士を敵視するんです？　あの人は地元の人たちに愛されている立派な政治家です。それは一緒に写真に写ってる地元の人たちの笑顔を見たらわかります。それ以上に加納代議士が実現しようとしている日本の未来が素晴らしいんです。秘書の不正のせいで、あんな立派なリーダーを失ったりしたら、日本の損失です」

加納代議士を絶賛する私を山王丸は冷ややかな目で見ている。

「おまえはどうしてそんなに加納を信用できるんだ？　まだ二回しか会っていないのに。口でなら何とでも言えるだろ」

「それは……」

沢山もらったお土産のせい……、ではなく、代議士の知的で清潔で誠実そうなルックスのせい……だけでもなく……。

「しいて言うなら空気でしょうか。この人に任せておけば日本の未来は安泰、みたいな」

山王丸はフンと小馬鹿にするような顔をして笑った。

「まぁいい。光希、今度は恵比寿と雑談してこい」

「私が恵比寿さんとですか？」

平常心で対峙できるだろうか。不正を働き、加納代議士を窮地に追いこんでいる秘書と。

「雑談の中で、写真を撮られた日のことを聞いてくるんだ」

「わ、わかりました」

また雑談……。調査と言わずに、雑談と言ってもらった方が気は楽なのだが。


また恵比寿さんに電話をかけて面談のアポを取り、指定された永田町の喫茶店で待ち合わせた。

「こんにちは。篠原です」

私が電話をしてアポを取ったにもかかわらず、先に席についていた恵比寿さんは私を見て、ちょっと意外そうな顔をした。この人も、山王丸本人が話を聞きに来ると思っていたのかもしれない。そう思わせる、拍子抜けしたような表情だ。

「あ……。ああ。あなたは確か昨日、コーヒーをいれてくれたお嬢さん」

あの時にスタッフだと自己紹介したにもかかわらず、明らかに緊張が解けた様子だ。

「あのコーヒー、とても美味しかったです。ありがとう」

恵比寿さんはおっとりした笑顔を浮かべる。温かみのある微笑からは不正を働いた人間の後ろめたさは感じられない。

「それで、私にお聞きになりたいことというのは？」

ウエイトレスさんにコーヒーをふたつ注文した後、恵比寿さんが尋ねた。

「加納代議士と恵比寿さんのことをもう少し知りたくて。早速ですが、恵比寿さんは何年ぐらい秘書をされてるんですか？」

当《あ》たり障《さわ》りのないところから質問を始めたせいか、恵比寿さんはリラックスした様子で答えてくれた。

「先代の時からなので、四十年ぐらいですかねぇ」

「四十年⁉　すごいですね！　私なんて、入社して一年も経ってないのに、もうふたつ目の職場にいるんですよ？」

「え？　そうなの？」

「実は私、山王丸総合研究所の正式なスタッフじゃないんですよ。ジャングル興業って知ってます？　あの芸能事務所から年季奉公……ではなくて、出向させられてるんです。それもこれも、ジャングル興業の社長がコンサル料を値切ったせいで……」

「へぇえ、若いのに色々大変なんだね」

ふと気づくと、恵比寿さんが憐れむような目で私を見ていた。

「あ。すみません。私の話はどうでもよくて。恵比寿さん、四十年も政治家秘書ひと筋だなんて、凄いですね」

「勇一さんのお父上がとてもいい方だったので、今まで勤め上げることができました」

「先代はどんな方だったんですか？」

「防衛大臣、外務大臣、文科大臣を歴任されましたが、腰が低くて裏表のないとても立派な方でした。常々、自分は国民の下僕だとおっしゃって寝食を惜しんで働かれる、政治家になるべくして生まれてきたような方でした」

「そんな大臣もいたんですね」

私は加納勇人氏の現役時代を知らない。

「私の中の政治家って、国会でいがみ合ったり、うたた寝してたり、ってイメージなんですけど」

加納代議士が地方を回っている写真や記者たちに囲まれてしっかり受け答えしている姿を見て、久しぶりに尊敬できる政治家を見たような気がしていたところだ。

「そんなお父様の姿を見て育ったから、加納代議士も立派な政治家になられたんですね」

という私の言葉に恵比寿さんは「かもしれませんね」となぜか曖昧に笑った。

「先代は勇一さんに票田を譲った後も党内での影響力が大きかったのですが、長い闘病の末、昨年亡くなりまして」

恵比寿さんは病床にあった勇人氏から息子である勇一氏のことを頼まれたのだという。

「そういった経緯もありまして、六十歳を過ぎた今も秘書を続けているんです」

律儀そうな人だ。

——こんな人でも不正を働くんだ……。

とても誠実そうにみえる目の前のオジサンが、どうしてそんなことをしてしまったのか興味が湧いた。本当に恵比寿さんがワイロを受け取ったんですか？　と単刀直入に聞きたくなる気持ちを抑え、

「そんなに長く続けてきた秘書のお仕事、本当に辞めちゃうんですか？」

と、聞いてみた。すると、恵比寿さんはとても寂しそうな顔になった。

「このままだと、そうなりますかね……。残念ですが」

それは奇妙な言い回しに聞こえた。何か奥歯にものが挟まったような言い方が気になり、さらに言葉を重ねた。

「やっぱり、辞めたくないですよね？　四十年もやってきたお仕事ですもんね」

「ええ。まあ……。大変なことも沢山ありますが、この仕事はとても遣《や》り甲斐《がい》があります」

「じゃあ、どうして……」

そんな不正を働いてしまったんですか？　そんな疑問が喉に引っ掛かっている。

「ですが、私は一般企業ならもうとうに定年を過ぎています。そろそろ潮時ですよ」

その言い方からは、不正を反省している様子は感じられない。逮捕されるかもしれないという悲壮感も。感じたのは、ただ、秘書を辞めることへの未練だけ。

寂しそうな恵比寿さんを見て、私も何となくしんみりしてしまった。が、山王丸から聞いてこい、と言われた質問だけはしなくてはならない。

「最後にひとつだけ聞かせてください。先月の十八日の夜って、どこにおられました？」

そう尋ねると、恵比寿さんは急に表情を引き締め、「写真を撮られてしまった日ですね」と確認しながらポケットから黒い手帳を出した。その時だけ、恵比寿さんが緊張しているように見えた。

「十八日は夕方六時頃、議員事務所を出て台田建設へ行きました。一時間ほど専務の三田《みた》さんと雑談をして、七時頃、台田社長と一緒に近くのフレンチレストランで食事をして、その帰りに封筒に入った金を受け取りました。その日は議員会館へは戻らずに、そのまま帰宅しました」

「封筒を……。そうなんですか……。でも、どうしてそんなこと……」

ついに不正の理由を聞いてしまった。やはり聞かずにはいられなかった。

「金が必要だったんです」

恵比寿さんは沈痛な面持ちで即答した。

「妻が病気で……。どうしても先進医療を受けさせたくて……」

「じゃあ、そのお金はもう治療費に使ってしまったんですか？」

「その時は妻のためにと思ったんですが、つい魔が差して遊興費に……」

「はい？」

目の前の実直そうな秘書にそんな一面があろうとは……。

「あ、すみません。次のアポがありますので、私はこれで失礼します」

呆然とする私をその場に残し、恵比寿さんがそそくさと店を出てしまった。

三十分ほど喋っただけだったが、恵比寿さんという人がよくわからなくなった。誠実で几帳面《きちょうめん》そうに見えるのに、ワイロを自分の娯楽のために使うなんて……。加納代議士に迷惑がかかるとわかっているのに。

——解せぬ。

どうしても腹落ちしなかった。

3

「恵比寿さんに、ワイロの受け渡しがあった日のことを聞いてきました。魔が差したという説明には違和感がありましたけど、その日の行動については、これと言って不審な点はありませんでした」

事務所に戻ってすぐ、恵比寿さんとの雑談について山王丸に報告した。奥さんの治療費のためにワイロを着服し、それを自分のために使いこんだという信じがたい話も含めて。

「当日の行動には違和感を覚えるようなところは何もなかったのか？」

ソファに転がったままの山王丸に尋ねられ、もう一度、記憶を辿る。

「違和感……。これと言って不自然な発言は……」

その時、山王丸のスマホが鳴った。彼は電話の相手としばらく会話した後、「わかりました」と言って通話を切った。

「恵比寿秘書から連絡があった。凡春が加納の議員辞職を求めてきたそうだ」

「ええッ⁉」

思わず声を上げてしまった。

「加納が辞職すれば、第二砲の掲載は見合わせる、と凡春は言ってるそうだ」

「凡春がどうして⁉」

部数を稼ぐために人気政治家のスキャンダルを暴露するのはわかるが、出版社が議員の辞職まで要求する理由がわからない。

「記事の内容については今のところ不明だそうだ」

と、山王丸は投げやりな感じで言った。

――次のスキャンダルも恵比寿さんがらみなのだろうか?

あの誠実そうな外見とのギャップに苦しむ。山王丸が氷室に尋ねた。

「北条からはまだ第二砲の情報は入ってないのか」

「ええ。探ってはいるようですが」

そう答えた氷室は再び入力作業に戻り、山王丸は何事もなかったかのようにクッションを抱き、ソファに仰向けになる。

加納代議士のピンチなのに、どうしてそんなに平然としていられるのかがわからない。

――私が何とかしなきゃ。国民を代表して。

居てもたってもいられなくなった。

4

その日の夕方、議員会館の向かいにあるコーヒーショップで張りこみをした。山王丸からの指示は受けていないが、何かせずにはいられない。もっと恵比寿さんの行動を探ってみようと思い立ったのだ。彼の行動の中に第二砲のヒントがあるかもしれない。凡春が次にどんなスキャンダルを摑んでいるのかがわかれば、会見の前に何らかの対応ができるはずだ。

コーヒーショップの窓ガラス越しにオペラグラスで議員会館の正門付近を凝視する。今のところ、これといった変化はない。

カップのコーヒーをちびちび飲みながら一時間ほど経った時だった。徒歩で建物から出てきた男が大通りでタクシーを止めようとしている。その人物がすぐに加納代議士だとわからなかったのは、工事業者がかぶるようなキャップを目深にかぶり、地味な作業着のようなものをスーツの上に羽織っていたからだ。

——あれって、どこかのCEOが拘置所から出てきた時の恰好に似てるな。

そう思って何となく観察しているうちに違和感を覚えた。作業着には似つかわしくない、先の尖ったオシャレな革靴の形状に見覚えがあった。

——加納代議士だ！　あんな変装してどこへ行くんだろう。

しかも、公用車を使わず、同行者もいないようだ。私は慌ただしく店を出て、横断歩道を渡り、後続のタクシーに飛び乗った。

「すみません。あのタクシーの後をついていってください」

車は首都高に乗り、一般道を少し走ったところで停まった。トータル二十分足らず。

——錦糸町《きんしちょう》……。

薄闇《うすやみ》の中、少し距離を置いて代議士の背中を追った。タクシーを降りた大通りからどんどん外れ、薄暗い路地を慣れた様子で歩いていく。生ごみの匂いが漂う小路《こうじ》の両側には外国の食材を売る商店や雑貨屋が並ぶ。見知らぬ場所で小雨《こさめ》まで降り始め、何とも言えない心細さを覚えた。

——どうしてこんなところに加納代議士が……。

彼は突き当たりにある古いビルの前で立ち止まり、キョロキョロと周囲を見回す。私は咄嗟に、漢方薬らしきものを並べる店の看板の陰に隠れた。

——き、消えた……？

再び看板の陰から顔を出した時にはもう代議士の姿はなかった。急いで姿を消す直前まで彼が立っていた場所にあるビルに駆け寄ってみるが、重厚な入り口の扉は押しても引いても動かない。だが、路地はここで行き止まり。このビルに入ったとしか考えられない。

「あれ？」

見れば、ドアの横の壁に十二個のボタンが並ぶ長方形のボックスが貼り付いている。マンションやオフィスのオートロックを解除する暗証番号を入力するためのテンキーのようだ。適当に押してみたい衝動に駆られたが、下手に押してアラームでも鳴ったら大変だ。

——うーん……。どうしよ……。

そう思った時、扉の向こうでドタドタと激しい足音が聞こえた。私が再び漢方薬店の看板に身を隠した瞬間、ロックされていた扉が開き、いかにもガラの悪そうな黒いスーツを男が姿を見せた。

「二度と来るな！」

黒服に怒鳴られながら、

「ひーっ！」

という悲鳴と共にビルから放り出されたのは、派手な柄《がら》のスカジャンを着たガリガリに痩せた男。長く伸ばした髪を赤く染め、眉を細くしている。ぱっと見では職業がわからない。

扉はすぐに閉まったが、赤髪は地面にうずくまったまま。黒服は、ふん、と嘲笑った後、すぐにビルの中に入ってしまった。

「あ、あの……。大丈夫ですか？」

恐る恐る看板の陰から出て声を掛けると、アザだらけの顔が私を見上げた。

「な、殴られたんですかッ？」

頬や口許に血を滲ませているその男は、私の質問に震えながら首を振る。

「何でもない！」

怒鳴るように言うその顔は、恐怖に支配されているように見えた。

——他人に言ってはいけない何かが、この中にあるんだ……。

そう察して沈黙を守ると、男は突然、私の足にしがみついてきた。

「頼む！　金を貸してくれ！　頼む！」

「きゃーっ！　何？　放して！　放して！」

バッグで男の頭を殴り、足をぶんぶん振って男の手を振り払う。

「う！　ううっ！」

男が腹のあたりを押さえ、また地面に転がる。ローファーの先が男の腹のあたりに当たったようだ。

「あ。ご、ごめんなさいッ！　勢い余って……」

「お願いします！　お金を貸してください！　五万！　いや、一万でもいい！　もう、帰りの電車賃もないんですぅ……！」

男は弱々しい声で言って泣きながら、雨に濡《ぬ》れたアスファルトの上で土下座した。

「お願いです。お金を……」

施しを求める土下座。謝罪以外の土下座が新鮮に見える。

——私、かなり毒されてるな……。

仕方なく、バッグの中の財布を探す。一万円札が一枚と千円札が三枚。

「し、仕方ない……。今、これだけしかないんです……」

同情して一枚しかない一万円札を差し出すと、男は受け取り、何度も頭を下げた。

「必ず返すから」

こんな人との約束なんて当てにならないし、もう会いたくない。返済のために連絡先を交換するのも気が進まない相手だ。

「い、いえ。返さなくて大丈夫です」

私は清水の舞台から飛び降りるような気分で、この一万円を諦めた。

「そのお金はあげます。その代わり、教えてほしいことがあります」

一万円札を畳んでポケットに突っこんだ男は、「何だい？」と尋ねながら立ち上がる。急に態度が大きくなったように見えた。

「ここのドアの暗証番号、教えてください。ここから出てきたってことは、ロックを解除して入ったんですよね？」

「い、いいけど……。番号を知らないってことは、あんた、招待されてないんだろ？」

黙ってうなずくと、男はブルブル首を振った。

「ヤバいって。関係者以外の人間が入ったらどんな目に遭うか……」

確かに。さっきこの赤髪をつまみ出した男も堅気には見えなかった。中ではかなり危険なことが行われているのだろう。

——そんなところで加納代議士はいったい何を……。

「あの……。ここっていったい……」

「そんなの、部外者に教えられるわけないだろ。東京湾に沈められるわ」

「し、沈められる？　そんな危険な場所なんですか？」

男は黙ってしまった。――一万円、恵んであげたのに。

私はスマホで加納代議士の画像を検索した。

「私、この人の知り合いなんです！　今、ここに入っていくのが見えて」

「ああ……コイツか」

と呟いた赤髪の様子からして、見覚えがあるようだとわかる。

「よく来てるよ、この男。いつもはこんなスーツ姿じゃなくて作業着だけどな」

その言い方からして、代議士という身分には気づいていないようだ。政治になど興味がないのだろう。

「私、どうしても、この人に話しておかないといけないことがあって」

「こんなとこに入るより、出てくるまで待ってばいいじゃん」

「緊急事態なんです！」

必死で訴えると、赤髪は不承不承、「わかったよ。一万円ももらっちまったしな」と言い、ヘラと笑った。

「解除してやるけど、中に入って何があっても俺は知らねえからな。自己責任だぞ」

そう念を押されると不安になったが、覚悟を決めてうなずいた。

男の骨ばった指先がテンキーを素早く叩く。ピピピー、と電子音がしてドアの裏で、ジーッ、と開錠する音がした。

「ありがとうございます！」

礼を言って素早く、かつ慎重にノブを回し、中をのぞきこんだ。この入り口から奥へと細い通路が続いていて、その少し先にはまたドアがある。

「中の扉は5を四回入力すれば開く。気をつけてな」

「わかりました」

うなずいて、無人の通路に足を踏み入れた。薄暗い通路の所々に小さな灯りがあって、足許だけを照らしている。緊張しながらふたつ目の扉まで歩き、テンキーに、５５５５、と入力してロックを解除した。

そっと開けた扉の向こうは足首まで埋まりそうなクリーム色の敷き詰めカーペットになっていた。ドキドキしながら足を進めると、視界を遮るようにレースのカーテンが幾重にも垂れ下がっているのが見える。周囲に誰もいないことを確認した後でさらに先へと足を進めると、白いバルコニーのような場所に出た。恐る恐る白い手すりに手をかけ、そっと下をのぞきこんでみる。私が今立っている場所が一階だとすると、下は地下二階ぐらいになりそうな高さだ。

——うわぁ。すごい。

下には別世界が広がっていた。フロアの中央にあるのはクルクル回るルーレット。赤と黒の数字の上をシルバーの玉が転がっている。飲み物をトレイに載せて配っているのは色っぽいバニーガール。点在するテーブルの中央にはディーラーが立ち、客はカードに興じている。壁際にはスロットマシーンがずらりと並び、派手な音をたてていた。奥には換金窓口があり、そこで札束《さつたば》をチップに換えている男女が見える。

——嘘……。ここって、カジノなの？

映画で見たことがあるラスベガスでのワンシーンみたいだ。けど、ここは日本。現金とチップを交換しているということは、違法な闇カジノだろう。もっとよく見て確認しなければ、という気持ちに突き動かされ、ディーラーや黒服の視線を意識しながら死角を探し、慎重に下の階を観察する。いかにも水商売風の男女。芸能人らしきどこか見覚えのある男性のグループ。リッチそうな年配の女性。室内なのにサングラスをかけたり、帽子をかぶったりしている人が多い。

——あ！　加納代議士だ！

作業着を着た加納代議士は端のテーブルで手持ちのカードを扇状にして眺め、そのうち数枚をテーブルの中央に伏せた。そして、チップを積み上げる。

——何？　ポーカー？　ブラックジャック？

よくわからないが、現役の代議士が違法カジノで賭け事をしているようだ。

——信じられない！

周囲に誰もいないことを確認し、バルコニーの中央にある大きな柱の陰に隠れて素早くスマホを出した。警備員や黒服はフロアを監視していて、上を見ている様子はない。柱の陰に入ってしまえばカジノフロアからは見えていないはずだ。

カシャ。カシャ。私が加納代議士の姿をズームで連写してすぐに柱の陰に身を隠したその時だった。

「おい！　そこのあんた、今、何撮った？　ここはスマホの持ちこみ禁止だぞ！」

下から男が叫ぶ声がした。

「え？」

恐々《こわごわ》、声のしたあたりを見下ろすと、タブレットを手にしている男がこっちを見ている。

「あ……」

バルコニーの天井に設置されている監視カメラのひとつがこちらを向いているのに気づいた。あの男がタブレットで見ていたのは、色々なところに設置されているカメラの映像なのかもしれない。

――ヤバ……。

思わず後ずさりしていた。

「あの女が写真を撮ったぞ！　捕まえろ！」

タブレットを持っている男に命じられ、ひとりの男が階段を駆け上がってくる。見たことのある黒服だ。よりによって、さっき赤髪をつまみ出した暴力的な男がこちらへ向かってきている。

「す、す、すみません。何しろ初めて来たもので作法がわからなくて」

自分でもわけのわからない言い訳と愛想笑いをしながらクルリと踵を返し、私は通路を足早に引き返した。

「待て、こらぁあ！」

巻き舌の声が追ってくる。ぎゃーッ！　と心の中で悲鳴を上げながら細い通路を全速力で走った。

入ってきた時、暗証番号を入力したふたつ目の扉が行く手を阻む。が、内側にテンキーは設置されておらず、押しただけでそのまま開いた。思ったよりも早く最初の入り口の扉が見えてくる。

がちゃがちゃがちゃ！

急いで外界へ続く扉のドアノブを回すが、右にも左にも動かない。見れば、扉の横の壁にテンキーがある。

——嘘……。ロックされてる！

が、外の扉のロックは赤髪が解除した。入力した暗証番号は見ていない。

——えっと、何番？　何番？

焦ってしまい、うっかり自分の生年月日とか電話番号の末尾四桁とか、適当に入力した番号はすべて弾かれた。

——ど、どうしよ……。

こうしている間も、背後にタッタッタ、と追っ手の足音が近づいてくる。

『ヤバいって。関係者以外の人間が入ったらどんな目に遭うか……』

そう言った時の赤髪の怯えた顔が頭の中に再生される。

——東京湾に沈められるかも。

ゾッとして鉄の扉を力の限り叩いた。

「誰か開けてーッ！」

叫びながら扉をドンドン叩くと、ピピピー、と軽い電子音がして、がちゃり、と入り口が開かれた。

——え？

意外にも、私が一万円を恵んであげた赤髪が立っている。

「こっちだ！」——

と、駆け出す男の後を必死で追い、迷路のような小路をひたすら走った。

「ハア、ハア。ここまでくれば大丈夫だろ」

大通りに出たところで息を切らしながら男が振り向き、笑った。が、その口許の傷がまだ痛々しい。

「やっぱ、心配だったから外で待ってたんだ」

赤髪は思っていたよりいい人だったようだ。

「じゃあな。借りは返したぞ」

そう言って立ち去ろうとする男を反射的に「ちょっと待って」と呼び止めていた。と同時に、絶妙なタイミングで、お腹が、グ～、と鳴った。すると、赤髪は憐れむような目で私を見る。

「何だ、腹、減ってんのか？　仕方ねえなぁ、ラーメンぐらいならおごってやるよ」

いや、そのお金は私が恵んであげた一万円なのでは？

首を傾げながらも、男の後についていく。

やっと、彼のスカジャンの背中の刺繍《ししゅう》が、富士山《ふじさん》の上にかかる月、荒波を泳ぐ鯨、という斬新《ざんしん》な図柄《ずがら》なのだと気づくだけの余裕が生まれた。

「あれって、闇カジノですよね？」

「俺も今日で出禁になって二度と来ることねえからな。教えてやるよ。あそこはチャイニーズマフィアが仕切ってる闇カジノだよ」

男はスカジャンのポケットに両手を突っこんで歩きながら飄々《ひょうひょう》と答える。

「どうして出禁になったんですか？」

「知り合いの紹介で通い始めてから、ずっと勝ち続けてたのに、今日、有り金を全部吸い取られちまってな。怒って、イカサマだー！　って暴れたら袋叩《ふくろだた》きにあってつまみ出されたんだよ。あの店の黒服どもは元ヤクザやら半グレやらで。とにかくヤバい場所なんだよ。あんたもこれに懲《こ》りたら二度と近づかないことだ」

そう言って、ヘラ、と笑う男の後について歩き続ける。

「そんな危険な場所なんだ……。そんなところにどうして……」

あの真面目そうな代議士が……。

考えているうちに色褪《いろあ》せた朱色の暖簾のかかるラーメン屋の前まで来ていた。

「ここ。店は汚《きた》ねえけど、スープがうまいんだ」

男の後から狭いラーメン屋に入り、チャーシューメンをおごってもらった。複雑な気持ちで「いただきます」と湯気をたてている丼《どんぶり》に手を合わせる。すると、赤髪が鷹揚《おうよう》に「遠慮するな、食え食え」というものだから、さらに複雑な気持ちになる。

——いや。とにかく一万円分の取材はしなくては……。

気持ちを切り替え、箸《はし》で麺を持ち上げながら質問した。

「実は……。私、さっき見せた写真の男のことを調べてて。尾行してたらあそこに……」

「なんだ、探偵かよ。浮気調査か？」

探偵でも浮気調査でもないのだが、曖昧に笑っておく。

だが、男は私がカジノのことを探っているわけではなく、あの場所に入っていった人物の素行調査をしているのだとわかって安心したのか、さらに口が滑《なめ》らかになった。

「写真の男はあそこの常連だよ。アイツはギャンブル依存症だな」

「まさか……。そんな人じゃないと思うんですけど」

「俺も同類だからわかるんだよ。あの男もかなりのギャンブル狂だ。これ以上ハマったらヤバいってわかってるのにやめられないんだよ」

「ギャンブル狂……」

あの加納代議士が？

すぐには信じられなかった。

「きっとストレスが多い仕事でもしてるんじゃないか？　俺もそうだけどさ」

となりでラーメンをすすっている男にストレスがあるとは思いにくかったが、代議士の仕事は重責だろう。

「あの男、ここ何日かは来てなかったみたいだけどな……」

それはたぶん、凡春に狙《ねら》われてるのがわかっているからだろう。

——それでも来てしまうなんて……。

加納代議士ギャンブル狂説が現実味を帯びてくる。

「前に白髪交じりの丸顔の爺さんが迎えに来たことがあってさ」

それは恵比寿さんのことだと直感した。

「連れ戻すの戻らないので大騒ぎになったことがある。あの時の爺さん、必死だったなぁ」

――恵比寿さん……。そんなことがあったんだ……。加納代議士はそれでもギャンブルをやめられないのか……。

国民を代表して暗鬱《あんうつ》な気持ちになりながらも、空腹だった私はラーメンの汁を最後の一滴まで飲み干してしまった。

5

「というわけなんです」

次の日の朝一番に、闇カジノで見たことや必死で逃げたことなどを山王丸に報告した。私の報告を山王丸は天井を見上げたまま、つまらなそうに聞いている。こっちは命がけでこの情報を摑んできたというのに。

「いつも爽やかな笑顔で後援者に接し、真剣に日本の未来を考えている代議士のストレスは相当なものだと思います。きっとそのせいでカジノに……」

「ギャンブルに走るのは性格的なものだろ」

冷たく片付けた山王丸がソファに起き上がった。

「だが、よく摑んだ。これで、加納がワイロを受け取る理由があることがわかったな」

「それは……」

確かに闇カジノに通うためにはお金が必要だろう……。

「しかも、父親の代から金庫番として働いている恵比寿秘書が、加納をカジノに行かせまいとしているということは、加納派の政治資金も自由には使えないはずだ。変装してまでギャンブルに興じたい加納が、うっかりワイロを受け取って遊興費に使ったとしても不思議はない」

「加納代議士はそんな人じゃ……」

立派な政治家だと信じていた加納代議士だが、手慣れた様子でカードやチップを扱っていた姿を思い出すと、そんな人じゃない、と言い切れなくなった自分がいた。

「そうですよね……。そう考えるのが自然ですね」

ついに私も加納代議士がワイロを受け取った可能性が高いことを認めざるを得なかった。そして、加納代議士に疑惑が向いた瞬間、ふと思い出したことがある。

「そう言えば、恵比寿さんに不正の証拠写真を撮られた日の行動を聞いた時、恵比寿さんがわざわざ黒い手帳を出して、慎重に答えているように見えたんです」

すると、PCを見つめたままの氷室が口を挟んだ。

「おかしいですね。あの時の様子は僕もモニターで見ていましたが、この前、ここに来た時、恵比寿秘書が持っていたスケジュール帳は茶色でしたよね？」

記憶力のいい氷室はやはり覚えていた。

「そうなんです！　前回とは手帳の色も大きさも違いました。その時はスケジュール帳を二冊持ってるだけなんだろう、って思ったんですけど、よく考えてみたら、前に見た茶色のスケジュール帳には文字がぎっしり書かれてたのに、黒いスケジュール帳の方はスカスカだったんです」

「それで？」

山王丸が話の先を促す。

「忙しい人が普段使っているスケジュール帳には、小さい文字がびっしり書いてあったり、殴り書きがされていたりして、読みづらかったりしますよね？　だから、特別な日のことだけを、特別な手帳に書き直したんじゃないかって」

私は名探偵になった気分で応接スペースの中を歩きながら説明を続けた。

「つまり、誰かにその日のことを聞かれて答えなければならなくなった時、齟齬《そご》がないように別の手帳を用意したのではないでしょうか。その誰かというのは私じゃなくて、たとえば警察とか」

私の推理を途中から氷室が引き継ぐように続けた。

「警察に事情聴取された時に自分の行動をそんな風に用心して発言しなければならないというのは変ですね。自分がやった、って言ってるのに」

「そうなんです！　これってつまり、あの日の行動が捏造《ねつぞう》だからじゃないでしょうか？　嘘だから気をつけて証言しなければ綻びが出てしまう。もし、あの日の恵比寿さんの行動が捏造だったとしたら、ワイロを受け取ったのも、きっと恵比寿さんじゃないですよね？」

「そうなりますね」

氷室がうなずいた。

「けど、ワイロの着服が嘘だったとしたら、恵比寿さんはどうして自分が不正を働いたなんて嘘をついたんだろう……」

思い付く理由はひとつだけだった。

「加納代議士を庇うためですよね……。恵比寿さん、尊敬してた加納代議士のお父さんから、息子のことを頼む、って言われたと言ってましたから」

先代の遺言どおり、政治家秘書として加納代議士を支えてきた恵比寿さんの気持ちを考えると涙が出そうだ。

それなのに山王丸は、

「まあ、不正を秘書のせいにするのは政治家の常套《じょうとう》手段だからな。恵比寿は加納を庇って自分がやったと言ってるんだろう。それは最初から想定内だ」

と、あっさり片付ける。

そして、独り言のように呟いた。

「それにしても、あの加納がギャンブル狂だったとはな」

山王丸は込み上げる笑いを噛み殺すような顔をしている。

——そこかよ。

とその時、会社の電話が鳴った。

「先生。WEBサーズデーの北条さんからお電話です」

氷室が山王丸に告げる。

「スピーカーにしろ。情報を共有する」

山王丸の指示を受けた氷室が電話のスピーカー機能をオンにした。

『やっと、凡春の続報に関する情報を摑みました』

それはつまり、加納代議士を辞職に追いこむだけの威力があるスクープのはずだ。

「で、どんなスクープだった？」

『ありません』

「ない？」

『はい。第二砲はありません。凡春の続報はハッタリだったようです。そして、明日掲載の記事も冨田の撮ったスキャンダルではなく、持ちこみだったそうです。その上、凡春は加納代議士の辞職要求などしていないと言ってます』

「つまり、加納を議員辞職させたい何者かが凡春にワイロのことをリークしたってことか」

呟くようにそう言った山王丸は何か考えこむような顔をしている。

「先生。明日の会見、どうするんですか？　こんなわからないことだらけで大丈夫でしょうか」

私が尋ねると、北条との通話を切った山王丸は薄く笑った。

「会見は予定どおり行う。会見を開かなければ金にならんだろ」

「それはそうですが……。たぶん、加納代議士は辞職には応じないと思います」

私の前で、いけしゃあしゃあと、地元の支援者や祖父の代から引き継いできた信念の話を持ち出して、『まだ議員を辞めることはできない』と言った男の横顔を思い出す。

「加納代議士はすべてを恵比寿さんのせいにして逃げ切るつもりですよね？　そんな釈明会見の手伝いなんてしたくありません」

納得がいかない私を見て、山王丸がニヤリと笑った。

「罪を押し付けさせなければいい」

「は？　どうやって？　未《いま》だに闇カジノに行ってしまうような加納代議士に反省や更生を求めるのは不可能ですよ？」

「方法は今から考える。光希、とりあえずカジノで撮った画像を氷室のアドレスに送っとけ」

「え？　何に使うんですか？」

「第二砲がないなら作るんだよ」

「は？　作る？」

「たとえば、『民自党のニューホープ、受け取ったワイロを使って闇カジノでギャンブル三昧《ざんまい》』とか。どうだ、衝撃的だろう」

山王丸はご満悦だが、釈明会見を成功させなければいけないコンサルの立場で、わざわざスクープ記事を捏造する意味がわからない。

「まさか、炎上させるつもりなんですか？」

「そんなわけ、ないだろう。ウチは勝率百パーセントが売りだ」

山王丸の言っていることがジョークなのか本気なのかもわからないまま、二階のミーティングルームで会見の打ち合わせをした。山王丸が『やる』と言ったらやるしかない。

氷室が既に決定していることをホワイトボードに書いた。

「会見の場所は加納代議士のリクエストで高輪《たかなわ》プリンセスホテルの大ホール。ふたつある大ホールの内のひとつを使用する予定です。時間は明日の午後一時から。メディア向けのリリースは凡春の第一砲が載った最新刊が発売される明朝です。急な会見になるので、もし、他に大きな事件やスキャンダルが重なれば、集まるプレスの数は減ると思われます。が、今のところ記者は百名程度を予想しています」

ボードに恐ろしい速さでフォントのように揃った文字が並ぶ。私はそれをノートにメモした。

「登壇者は加納代議士、恵比寿秘書、司会者の三名です」

腕組みをして氷室の話を聞いていた山王丸がおもむろに口を開いた。

「今回の司会進行は光希に頼む」

「え？　私ですか？」

これまでの実績を見ると、会見の司会進行は、事務所が契約しているアナウンサーか氷室がやっていた。

私が進行したのは所属会社であるジャングル興業がらみの案件のみだ。それも同じ案件を二回やって、一勝惨敗……。

「いいんですか？　私、加納代議士が恵比寿さんに罪を着せようとしたら、阻止してしまうかもしれませんよ？」

会見のためのシナリオ、いわゆる海図は山王丸が準備してくれるはずだから不安はない。むしろ、理不尽な展開になった時に黙っていられない自分の口が不安だ。

「かまわん。明日の会見では思ったことを言っていい。一般国民を代表して、おまえを選ぶ」

「一般国民代表……」

責任の重さを嚙みしめる私を見て、山王丸は悪魔のように両方の口角を持ち上げた。


その日の夕方に設定した会見リハーサルに加納代議士は現れなかった。

「すみません……。加納は多忙でして」

遅くに事務所を訪れた恵比寿さんが、申し訳なさそうに頭を下げた。私たちは山王丸の指示で、ワイロを受け取ったのが本当は加納代議士本人に違いない、と思っていることを隠して恵比寿さんに接した。

「うちはかまいませんよ。あなたも安心してぐっすり眠ってください」

山王丸の意味ありげな言葉に、恵比寿さんが怪訝そうな顔をする。

「では、明日はよろしくお願いします」

恵比寿さんは首を傾げながら事務所を出ていった。

——山王丸は加納代議士が恵比寿さんに罪を押し付けないようにする、と言ってたけど……。いったい、どうやって収めるつもりなんだろう……。

その方法は、なぜか一般国民代表の私には教えてもらえない。自分なりに想像を働かせる私の斜め後ろでは、氷室が一生懸命何かを切り貼《きば》りしている。

のぞきこもうとすると、なぜか隠され、

「光希さん。これが明日の進行原稿です」

と、別のOA用紙を渡された。

そこには挨拶《あいさつ》と想定質問、しめくくりの言葉が書いてあった。が、途中には大きな空欄があり、加納代議士答弁、とだけ書いてある。つまり、加納代議士本人が弁明する時間が一番長いということだ。

「氷室さん。秘書に罪を被せるのが代議士の常套手段なんですよね？」

「ええ。一般的には」

「なら、いくら爽やかに見える加納代議士でも、言い訳すればするほど炎上しそうな気もするんだけど……。こんなに答弁の時間をとってしまって大丈夫なんですかね？」

「山王丸先生が、この時間に全部吐き出させろ、って言ってるので、大丈夫なんじゃないですかね？」

私たちにとって山王丸の指示は絶対だ。

「まあ、先生がそう言うんなら……」

だが、ひとつだけどうしてもわからない疑問が残ってた。

——凡春にワイロのことをリークしたのは誰だったんだろう。

6

そして謝罪会見ならぬ釈明会見の当日。

「今日はよろしく」

会見の一時間前に姿を現した加納代議士は、ホテルの控室《ひかえしつ》で自分が用意した原稿を読みこんでいた。たぶん、自分の身を守るための言い訳が書いてあるのだろう。

その様子は誠心誠意尽くしてくれた秘書を失いかけている人には見えない。

——やっぱりこの人は私が思っていたようなリーダーではないのかもしれない。

挨拶を返す気持ちも失《う》せている私に、氷室が近寄ってきて「ホテル側の都合で会見場が変更になりました。瑞宝《ずいほう》の間ではなく、鳳凰《ほうおう》の間です」と告げた。

「え？　こんな急に会場が変更になったんですか？　会見開始の十分前ですよ？」

「ええ。瑞宝の間は、ついさっきまで自己啓発セミナーで使用してたんですが、セミナー参加者のひとりが高熱を出して救急車で運ばれたそうなんです。どうやら感染症らしくて、消毒が終わるまで閉鎖されることになってしまいました」

と、氷室が声を潜めた。

「そうですか……。そういう事情なら仕方ありませんね。わかりました」

私は加納代議士が原稿を読み終わるのを待って、会場の変更を告げた。

「いいですよ、どっちでも。それより、記者はだいぶ集まってるんですか？」

「ええ。鳳凰の間には既に百人以上の記者が詰めかけてるそうです」

「じゃあ、行きましょうか」

立ち上がる加納代議士は自信に満ち溢れているように見えた。

控室を出たところで恵比寿さんが待っていた。

「あ。恵比寿さん、お疲れ様です」

「今日はよろしくお願いします」

彼はいつもの温厚そうな顔のまま、顎を引くように会釈をした。こちらも収賄罪に問われるかもしれない人間の表情には見えない。諦めを通り越して、どこか晴れやかなそれに見える。

――恵比寿さん……。もう覚悟を決めたんだ。加納代議士の身代わりになるって。

本当に炎上しないんだろうか？　いや、そもそも本当にこれでいいんだろうか？

悶々としながら、鳳凰の間に向かった。

気持ちが定まらないままホールの入り口に着いてしまった。

演壇に近い前方の入り口の両側にホテルマンが控えている。彼らに「お願いします」と声を掛けると、観音開きになっている入り口が両側から開かれる。

私が先頭に立って会場へ入った。次に加納代議士。最後に恵比寿さんが続くことは打ち合わせの通りだ。

バシャバシャバシャ。カシャカシャッ。

ざわめきとフラッシュが会場を照らす。着席している記者たちは皆、凡春の最新号を手に持っていた。

私たちは三人並んで白布のかかった長机の前に並び、記者席に向かって一礼した。

「これより、加納勇一による会見を行わせていただきます」

冒頭の挨拶はこれだけ。

すぐに着席した加納代議士がマイクのスイッチを入れて声を上げる。

「えー。本日、お集まり頂いたのは、週刊凡春の記事については事実無根であることを皆様にお伝えしたいからです」

場内がさらに騒々しくなる。

「事実無根?」

さざめく記者たちの顔に不信感が露《あら》わになったような気がした。

「今回のことはすべて、ここにいる秘書の恵比寿がやったことです」

平然とそう断言した加納代議士の横顔を見て、まだ微《かす》かに信じたいと思っていた気持ちは完全に打ち砕《くだ》かれた。

「私はこの恵比寿に全幅の信頼を置いていました。それだけに、今回このような形で裏切られてしまったことは誠に残念です。すべて私の不徳のいたすところです。この場をお借りし、監督不行き届きであったことをお詫《わ》びします」

謝っているようで謝っていないような弁明に聞こえた。

恵比寿さんはグッと唇を嚙んで頭を下げている。その横顔が痛々しい。

「何かご質問があれば、どうぞ」

自信ありげな口調で加納代議士が言う。何を聞かれても秘書のせいにできるという自信の表れだろう。

すぐに私は机の下でSNSをチェックした。

いくら人気のある政治家でも、ここまであからさまな責任転嫁は非難されるのではないだろうかと思ったからだ。

が、この会見をライブ中継しているはずの動画がまだ始まっていない。当然、視聴者の声も見当たらない。

——あれ？　WEBサーズデーのニュースコンテンツでもライブ配信をする、って北条さん言ってたのに。

回線異常かな、と思った矢先、北条が手を挙げた。

「ＷＥＢサーズデーの北条です。加納先生にお尋ねしますが、台田建設の社長はワイロの五百万をあなたに渡したと証言してるんですよね？」

「台田社長はそう言っているらしいのですが、実際に受け取ったのはこの恵比寿です」

「では、この不正を知った時、加納先生は金を返すよう指示されなかったんですか？」

「もちろん、しましたよ。しかし、返金したかどうかを厳格に確認できなかったんです」

「それはなぜですか？」

北条が舌鋒《ぜっぽう》鋭く問い詰める。

「それは……。長く父に仕えてきた年長者への遠慮があったのかもしれません」

会場内の空気が微妙に揺れたような気がした。加納代議士に対して同情するような流れに変わってきたのだ。

けれど、事実を知っている私は加納代議士の口からすらすら出てくる嘘に怒りが込み上げてきた。

恵比寿さんは悲壮な顔をしている。すべての罪を受け止める顔だ。

それを見て、ひとつの推理がひらめいた。

「ちょっと待ってください！」

私は爽やかな顔で嘘八百を並べている加納代議士の言葉を遮った。

「恵比寿さん……。あなたに質問です」

「え？　私ですか？」

急に声をかけてしまったせいか、恵比寿さんはきょとん、と自分の顔を指さしている。

「はい。恵比寿さんにです」

「え？　な、何でしょうか」

会見中に私からの質問を受けるなんてことは思ってもみなかったのだろう。恵比寿さんは明らかに動揺していた。

「ワイロの記事を凡春に持ちこんだのは恵比寿さんですよね？」

私の発言で会場全体が怪訝な空気になった。あの司会者は何を言い出すんだ？　というクエスチョンマークが飛《と》び交《か》っているように見える。

「は？　そんなわけないじゃないですか」

恵比寿さんが私の推理を否定した。それでも私は続けた。

「政治家が秘書に罪をなすりつけるのは常套手段です。ましてや、あなたは加納代議士が平気で秘書に濡れ衣《ぎぬ》を着せるような人物だということも知っているはずです。だから、普通に考えれば、自分が逮捕されるかもしれないスキャンダルを自らリークするはずはない。けど、あなたの先代への忠誠心は尋常じゃない。これは恵比寿さんの最後の賭けだったんじゃないですか？　先代の息子である加納代議士に改心してもらうための」

私が自分の推理をぶち上げると、それまで加納代議士に同情的な流れに傾いていた会場の空気が一変した。カメラが一斉に加納代議士に向けられ、フラッシュが焚かれる。

記者たちが口々に詰め寄った。

「え⁉　やっぱりワイロを受け取ったのは加納先生本人だったんですか⁉」

「秘書のせいにしようと目論《もくろ》んだのはどのタイミングですか？」

「返金されてない五百万はどうしたんですか‼」

次々と加納代議士を追及する質問が飛び、場内は大騒ぎになった。

——しまった。私ったら、墓穴を掘ってしまった……。

会見を自ら大炎上に導いてしまったようだ。いくら山王丸から、思ったことを言っていい、と言われたからといって、これはやりすぎだ。

おろおろする私の耳にひどく冷静な声が聞こえた。

『いったん、中断して戻ってこい』

それはインカムから聞こえた山王丸の声だ。

「え？　中断？　撤収の間違いじゃなくて？」

中断ということは、時間を置いて会見を再開するということだ。

——怒ってる？　当然だよね。

せっかく加納代議士に同情的なムードに傾いてきていたのに、私が炎上させる方向に誘導してしまったのだから……。

私は急いで立ち上がり、記者たちに向かって頭を下げた。

「すみません！　いったん、ここで休憩を入れさせていただきます！」

私は逃げるように会場を出て、控室へ向かうエレベーターに駆けこんだ。が、意外にも追いかけてくる記者はひとりもいない。

「どういうことだ！　あんなおかしな発言して！　あんた、誰の味方なんだ！　俺に雇われたコンサルじゃないのか！」

逃げこんだ狭いケージの中で、別人のように逆上する加納代議士に詰め寄られ、震えあがった。

——え？　こんな人だった？

ポーン、とやわらかい音がしてエレベーターの扉が開き、私は加納代議士から逃げるように控室に駆けこんだ。控室には山王丸と氷室の姿があり、九死に一生を得たような気分になる。

テーブルの上に置かれたモニターには会場の様子が映し出されており、急な退場にざわつく記者たちの様子が見える。山王丸はここで会見を見ていたようだ。私の失態を。

「すみませんでした！」

山王丸に頭を下げる私を押しのけ、後から入ってきた加納代議士が一直線に山王丸の前に歩いていく。

「何が炎上クローザーだ！　大失敗じゃないか！」

なじられた山王丸は無言で薄く笑っている。山王丸が不気味なほど無反応だったせいか、加納代議士は今度は私に怒りをぶつけてきた。

「このボケナスのせいで会見は大炎上だ！」

——ボケナス。

実にわかりやすい。アオミドロと呼ばれるよりこの直接的な罵り方がいっそ明解で爽やかだ。

「そもそも、恵比寿が自分の事務所に不利なスキャンダルを写真週刊誌にバラすわけないだろ！」

怒鳴る代議士に、私は思わず「いいえ！」と叫んでしまった。

「恵比寿さんはあなたのお父さんを心から尊敬し、忠誠を尽くしてきました。だからこそ、息子であるあなたのことも、お父さんのような立派な政治家にしたい一心でと支えてきたはずです。けど……、その甲斐《かい》もなく、あなたの自覚のない行動は全く変わらなかった」

「は？　炎上させといて、俺の批判をするつもりか？」

「すみません。けど、最後まで聞いてください！」

会見を失敗させた上に出すぎた真似をしているとわかっているが、もう止まらなかった。

「恵比寿さんはイチかバチか、あなたのやっていることが世間に知れたらどうなるか、あなたに教えたかったんだと思います。あなたが秘書である自分を犠牲にして逃げ延びようと画策することもわかってたと思います。それでも、過去を悔《く》い改《あらた》めて、自覚をもって先代のようにいい政治家になってくれればいい、と思ったんじゃないですか？　そうですよね、恵比寿さん！」

恵比寿さんは俯いたままだ。

「そうなのか？　恵比寿」

加納代議士が愕然とした顔で尋ねる。

ようやく恵比寿さんが顔を上げた。

「光希さんがおっしゃる通りです。台田建設の二重帳簿のことを税務署にリークしたのも、収賄の証拠写真を撮って匿名で凡春編集部に送ったのも、議員辞職を勧告したのも、私です」

ついに認めた恵比寿さんを、加納代議士は茫然と見ていた。

「な、なんで、おまえがそんな……」

「それが先代の遺言だったからです」

「親父の？」

「私は病床の先代に、勇一さんを立派な代議士にすると誓いました。だが、あなたのお父様はあなたの性格をよくご存知だった。『勇一が政治家としての資質に欠けていると判断した時は、おまえが引導を渡してやってくれ』と言われました。それが先代の私への遺言でした」

震える声でそう言った恵比寿さんが目頭を押さえる。

「光希さんが言うようにこれは私の最後の賭けでした。ずっとあなたを見守り、支えてきたつもりでしたが、やはりあなたは先代と違いすぎる。あなたは政治家には向いていません。本音よりも建て前を優先しなければならない政治家には」

辛そうな顔で断罪する恵比寿さんを見ているとこっちまで泣けてくる。

「不正の証拠を撮られた後も、あなたの素行はかわらなかった。だから、私はあなたを道連れにする覚悟をしたんです」

「道連れ？」

「たとえあなたが私を生贄《いけにえ》にして罪を免《まぬが》れたとしても、この件はきっと炎上する。世論によってあなたの政治家生命を絶ってもらうしかないと考えたんです。もっと大変なことをしでかす前に」

困惑するように黙りこんでいる加納代議士に、山王丸が一枚の紙を手渡した。

「これが次の凡春砲だ。もう言い逃れはできない」

と言いながら。

そこには『加納代議士に闇カジノの常連疑惑！　台田建設からのワイロを元手に豪遊か⁉』というタイトルと、ポーカーに興じる加納代議士の姿。

——あれ？　この写真って……

私が潜入した時にスマホで撮った写真にそっくりだ。まさか、私に隠れて氷室が切り貼りして作っていたのはこの記事だったの？　まさかの捏造？

「まさか、これも恵比寿が？」

茫然としている加納代議士の手からひらりとゲラが落ちる。恵比寿さんの目が床に落ちている紙面にくぎ付けになった。

「いや……。これは私ではありません」

「そうか。じゃあ、今度こそ凡春に撮られたんだな……」

この記事が山王丸総合研究所オリジナルだということを知らない加納代議士は、それを凡春の続報だと信じたらしい。

「終わりだな。これが出てしまったら、もう誰も私の言うことなど信じないだろう」

逃げられないと思い知ったようだ。

「恵比寿……。悪かった」

項垂れる加納代議士を恵比寿さんがじっと見ていた。その目はどうしようもない我が子を見る母親のような、慈愛に満ちたそれに見える。

恵比寿さんはしばらくして山王丸に頭を下げた。

「山王丸さん。ご迷惑をおかけしてすみません。会見が炎上したのは光希さんのせいではなく、私のせいです。あなたの事務所の評判を落とすことになってしまい、申し訳ありません……」

無表情に恵比寿さんと加納代議士のやりとりを聞いていた山王丸が、急に寛容な笑みを浮かべた。

「何を言ってるんですか。まだ、これからじゃないですか。会見の後半戦、がんばりましょう」

「え？ まだやるんですか？」

恵比寿さんが驚いたように尋ねる。

「当たり前じゃないですか。後半戦、巻き返していきましょう」

それはまるでバスケットボールのハーフタイムで選手を鼓舞するゼネラル・マネージャーの発言のようだった。

「光希。行ってこい」

「え？」

笑顔で激励され、ゾッとする。

この状態でどうやって巻き返せっていうんだろう……。

しかし、山王丸が行けと言うのだから仕方ない。

「で、では、加納代議士、恵比寿さん、行きましょう。ま、巻き返しに」

何が何だかわからないが、山王丸ががんばってこいというのだからそうするしかない。

腑《ふぬ》抜けのようになっている加納代議士を引っ張って控室を出た。

エレベーターの前で私たちを見送る山王丸が、

「ああ、そうだ。恵比寿さん。今回はリハーサルをやりませんでしたから、その分のコンサル料をお返しします」

と、恵比寿さんに薄い封筒を手渡した。

「え？　いいんですか？」

「遠慮しないでください。我々は健全で良心的なコンサルです」

なんて笑顔で言っているが、封筒の厚みはどう見てもお札一枚分ぐらいの薄さだ。

——今回は二千万ものコンサル料をもらっておきながら。

相変わらずの吝嗇《りんしょく》ぶりに失望しながら、エレベーターで階下に降りた。なぜか氷室も一緒だった。

鳳凰の間に向かいかける私に、氷室が「光希さん。瑞宝の間の消毒が終わったそうです。記者たちも既にそっちへ移動しているので、瑞宝の間に御案内します」とインカムのイヤホンを押さえながら言う。ホテルのスタッフから連絡が入ったのだろう。

——今さら？

加納代議士が「もう、どっちの会場でも同じだろ」と投げやりに呟いた。ついさっきまでとは別人のように覇気を失っている。

「では、入ります」

先刻の会見と同様、私から会場に入り、三人並んで長机の前に立って頭を下げた。

——あれ？　何だろう。

目の前に座っているのは中断した時と同じWEBサーズデーの北条だ。が、会場の雰囲気が何となく違う。最前列にいる記者たちの顔ぶれも先刻とは違う気がした。

——私たちが控室にいる間に席替えがあったかのかな……。気のせいかな？

首を傾げていると、

「どんだけ待たせるんだよ」

というブーイングがあちこちから聞こえた。

時計を見れば、さっきの会見を中断してから二十分が経っている。

「お、お待たせしました」

私が恐縮《きょうしゅく》して頭を下げた直後、いきなり加納代議士が声を上げた。

「台田建設からのワイロを受け取ったのは私です！　秘書ではありません！　このような

不正を働いて、申し訳ございませんでした！」

　加納代議士の発言に、おおー、と会場がどよめいた。

「恵比寿には何の責任もありません」

　さっきの会見から一転し、腹を括《くく》った発言に世間はどう反応するんだろう。急いでスマホを操作し、ＷＥＢサーズデーのライブ中継にアクセス。

　――うん？　放映開始からまだ二分？　中断してしまったせいだろうか？

　だが、前半のニュースも、それに対する反応も見つからない。何もかもリセットされたかのようだ。

「ご自身の不正を認めるんですか？」

　北条が鋭く斬りこむ。

「はい……。私は罪を認めて辞職します。私には政治家の資格がありません」

　項垂れた加納代議士が震える声で認めた直後、ＳＮＳに洪水のようなコメントが溢れ出した。

　さっきまでの発言とは百八十度変わったことを言っている代議士への不信感だろうと思ってコメントに目を凝《こ》らすと……。

《加納勇一、潔いな》

《加納議員は誰かを庇ってるんじゃないんでしょうか？　みんな秘書のせいにするのに、

すごい。立派です。辞めるなんて勿体ないぐらいですね》

《誰のせいにもしないなんて、とても好感が持てると思います。地元なので、これからも応援したいです。ただ、いきなり秘書のせいではありません、って何？　逆に秘書がやったんじゃないかって疑っちゃうＷＷ》

加納代議士に対する好意的な感想ばかり。あたかも前半の記者会見を見ていなかったかのようなコメントが寄せられている。

——なんで？　なんで、あのなすりつけ会見に対する反応はないの？

どんなに探しても、最初の会見についての記事もコメントも見当たらない。夢でも見ているような気分だ。

そして、狐《きつね》につままれたような会見は進む。

「受け取ったワイロは何に使われたんですか？」

その質問にだけは一瞬躊躇《ちゅうちょ》したように黙りこんだ加納代議士だったが、「遊興費です」とだけ答えた。さすがに闇カジノの存在は口にしなかったが、清廉潔白だと思われていた代議士の意外な一面はインパクトが大きかったようだ。

本気で辞職を決心したのだろう、加納代議士は記者たちの質問に真摯《しんし》な態度で答えている。

そうして終了予定の時間となった。

最後に加納代議士が、

「大変……、申し訳ございませんでした……！」

と、声を振り絞り、深々と頭を下げた。

「本日の会見はこれにて終了させていただきます」

加納代議士がどんな質問にも誠実に答えたせいか、不満の声は上がらなかった。

意外にも拍手で送られ、私たち三人は会見場を出た。

その時、スマホの画面に国内トップニュースのタイトルが出た。

《台田建設で使途不明金の五百万円が見つかる。本社社長室の金庫内で》

記事によると、台田建設の社長がワイロとして渡した五百万が、数日後、加納代議士から返金されていた。だが、社長秘書がその現金を社長室の金庫の引き出しにしまい、伝言するのを忘れ、そのままになっていたという間抜けな顚末《てんまつ》が書かれている。

「なんだ、加納代議士、ちゃんとワイロを返してたんですね」

私が小声で恵比寿さんに言うと、彼は笑って首を振った。

「返してくれたのは山王丸先生でしょう」

恵比寿さんが私に手渡したのは、控室で彼が山王丸から受け取った薄っぺらな封筒だ。

開けてみると、中に台田建設の受領印を押した五百万円の領収書が入っていた。

「これがコンサル料の余り？」

つまり、山王丸は行わなかったリハーサル料の五百万を台田建設に返したらしい。

その間にもポケットに入れたスマホが震え続けている。

《やっぱり、政治家一族の総領がたかだか五百万のワイロを受け取るなんて有り得ないと思ってた》

《きっと秘書のために、自分のポケットマネーから返金したんだろう。加納勇一、男の中の男だな》

そんな妄想コメントまである。

世間は加納代議士が秘書を庇っていると思っているようだ。

——けど、どうして加納代議士が醜態をさらしまくった前半の会見についてはスルーなんだろう。おかしい……。

タクシーに乗りこむ代議士と恵比寿さんを見送った後、私は瑞宝の間に戻ってみた。詰めかけた記者たちが帰り支度を始めている。が、これと言って不審な点はない。首を傾げながら、何となく前半の会見をやった、隣の鳳凰の間の扉を開けてみた。

「あれ?」

なぜかそこにも記者たちが百人ほど残っている。なんで、こっちにも記者がいるわけ?

「お疲れ様でした。本日の日当をお配りします。受け取られたら、プレスのIDと腕章をこちらに御返却いただいてから、ご退室をお願いします。もちろん、今日のことは他言無用でお願いします」

氷室から一万円札を数枚ずつ受け取った記者たちが、三々五々、ホールから出ていく。

「あのぉ……。氷室さん、この方たちは？」

「エキストラの皆さんですよ？」

それが何か？　と言わんばかりだ。

「エ————ッ⁉　じゃあ、前半の釈明会見って……」

「偽物です。どこにも配信されていませんし、記事にもなりません」

「嘘……」

あの瑞宝の間の記者が洩らした『どんだけ待たせるんだよ』という怒りは中断された二十分間に対するクレームではなかったのだ。瑞宝の間に集められた本物の記者たちは私たちがリリースした会見開始時刻、つまり鳳凰の間で偽物の会見が始まった時からずっと隣のホールで待たされていたのだ。

私は最初の会見が偽物だったと知って唖然とした。

その時、パンパンパン、と拍手をする音が聞こえた。壁に背中をもたせかけた山王丸が私を見ながら手を叩いている。

「光希。いい仕事だった。実にいいタイミングで恵比寿の意図に気づいたな。おかげで最高のタイミングで前半戦を中断することができた」

褒められても納得がいかない。

「ど、どうしてこんなこと……」

「あの男は自分を過信しすぎていた。身をもって体験しなければわからない男だ。だから本当の会見をする前に教えてやったんだよ。秘書に濡れ衣を着せた後でカジノ写真が出たらどうなるかを。しかも、おまえが恵比寿の気持ちを吐き出させることができたおかげで、さすがの加納も猛省したようだ」

結果、加納代議士は会見本番で潔く罪を認め、炎上するどころか株を上げてしまった。

「先生は最初から加納代議士を信用していなかったんですか？」

私だけじゃない。大勢の国民が騙されていたのに。

「あの男は学生時代から変わってない。確かに知能指数が高く、大した努力もせずに結果が出せるタイプだった。当時は講義にも出ず、パチンコ三昧《ざんまい》だったが、金に困ってる生徒に金をやってノートを取らせてたようなヤツだ。それでもアイツは首席で卒業するつもりでいたわけだ。世の中をナメすぎだ」

「早く言ってくださいよ、そういうことは」

「俺が言っても信じなかっただろう？」

「…………」

確かにそうかもしれない。

加納代議士の方が山王丸より遥かに立派な人に見えたから……。

7

こうして加納代議士は惜しまれながらも政界を引退した。

一度はワイロを受け取ってしまったこと、統合型リゾート施設の誘致情報を洩らしてしまったことへの責任を取った形だ。

とはいえ、現金が返されていたために加納代議士が起訴されることはなく、引退間際はこれまで以上の人気も保っていたから、党本部は彼を慰留したらしい。

だが、加納代議士本人が自分に政治家は向いていないということに気づいたようだ。

そして、会見の翌週、加納さんと恵比寿さんが事務所を訪ねてきた。

「実はMCMリゾーツの顧問になったんだ」

「MCMって、今度西日本にできるカジノリゾートにも参入するアメリカの大企業ですよね⁉」

コーヒーを出しているだけの身分を忘れて声を上げてしまった。

だが、加納さんは上機嫌で私に説明してくれた。

「そう。世界中にカジノを作り、その周辺の開発をしてるあのＭＣＭです。そもそも日本はギャンブルに対する認識が古い。その点、私はカジノを知り尽くしている。適任だと思いませんか？」

――うーん……。それはそうかもしれないけど……。

怪しい闇カジノで見た景色が甦る。

「恵比寿には引き続き私の秘書についてもらうことになりました」

加納さんの報告に恵比寿さんは恥じ入るように頭を下げる。

今も加納さんの横に恵比寿さんがいるのを見てホッとした。

きっとまた加納さんが道を踏み外しそうになったとしても、恵比寿さんが全力で止めるだろう。

「山王丸。また何かあったらよろしく頼むよ」

加納さんが山王丸に頭を下げた。が、

「こちらこそ、よろしく」

と、山王丸が笑顔で握手を求めたのは、やっぱり恵比寿さんだった。

エピローグ

山王丸総合研究所への出向期間があと三日となった。

それなのに、私の謝罪への興味は募る一方だ。

――山王丸のやり方と、この事務所の法外な料金はいただけないが、頼ってきた人を助けて感謝されるなんて、最高の仕事だ。天職に巡り合ったような気分なのに……。

山王丸総合研究所の許《もと》を去りがたい気持ちで一杯になっている私の頭上を、超大型台風が通り過ぎた。


翌朝、珍しく山王丸が事務所を留守にした。けれど、その時の私は山王丸がいつものソファにいないことにあまり関心がなかった。なぜなら、嵐のせいで完全に孤立している関西空港のニュースに昨日からずっとくぎ付けだったからだ。

既に台風は去ったものの、滑走路は水没して使用できず、道路と鉄道が走る連絡橋も一部が破損して通行が不可能。利用客は空港から外に出ることができない状況に陥ったのだ。辛《かろ》うじて飲み水は確保されているものの、すべての利用客に配布できるだけの食料はないという。そんな状況のまま、既に二十四時間が経っていた。

――丸一日絶食なんて、想像を絶する状況だわ。何とかならないの？

たまたま取材で空港にいたテレビ局のクルーがターミナルビルから実況中継をしたり、一般の利用客が撮った動画をＳＮＳにアップしたりしている。

体調不良を訴える持病のある利用客だけが先ほど救急ヘリで搬送されたが、空港で待機するしかない人々は皆一様に、不安と疲労、何より空腹を訴えていた。

――辛い。この状況は辛すぎる。せめて、どこかに食べ物ってないのかしら。

だが、食材が届かないのでレストランは閉店、売店の食品は完売だという。

私はジリジリしながら、ネットニュースやＳＮＳへの投稿を見ていた。

『あ！　たった今、ターミナルの利用客に食料を運ぶ輸送ヘリが到着したようです！』

実況中継していたクルーの声がして「わっ！」とフロアに歓喜の声が沸き起こった。

――え？　何？　食料？　いったい、どこから？　どうやって届いたの？

ターミナルビル一階の到着フロアに颯爽と現れたのは、プロの料理人らしき白い調理服を来た男たち。

よくよく見ると彼らの調理服の胸に『加賀料亭・嘉津乃』のロゴが入っている。

「嘘……。嘉津乃？　って、あの？」

上質な和紙に包まれた正方形の折り詰めらしきものが、利用客に配られる映像が流れ始めた。

——え？　炊《た》き出《だ》しって、豚汁とかカレーじゃなくて松花堂弁当なの？　しかも料亭の？

「順番に並んでください！　慌てないで！」

利用客を誘導し、凛々《りり》しく声をかけているのは嘉津乃の弘明社長だ。

——そうか。嘉津乃はミール事業のために空港内に自社厨房を持ってたんだっけ。

食材と調理師がいればいくらでも作れるのだ。つまりそのふたつをヘリが運んできたわけか。

「安心してください！　皆さん全員にお弁当をお渡しするまで、我々はずっとここにいますから！」

陣頭指揮を執っている弘明社長の姿が頼もしい。

——嘘……。これがあの、マザコンの弘明社長なの？

もう、どれが本当の弘明社長なのか、わからなくなった。

「うん？」

その時、フロア全体をなめるように映していたカメラが、二階フロアの手すりに寄りかかるようにして、炊き出しの行われているロビーを見下ろしている男の姿を捉えた。

――え？　山王丸？

外国人パイロットがかけているようなレイバンのサングラスで目許を隠している大男。

その姿は山王丸にしか見えない。

と、その時、横に立って私のスマホをのぞいていた氷室が呟くように言った。

「先生、意外と早く着いたんですね」

「え？　やっぱり？　これって、やっぱり山王丸先生ですよね？」

私は画面の上に小さく映りこんでいる男を指さして氷室に確認する。

「間違いないでしょう。昨日、先生から『輸送用ヘリで食材と料理人を運ぶから空港ビルのヘリポートに着陸許可を取っておけ』って言われましたから」

まさかの山王丸がボランティア？　それとも、これすらもクライアントのための演出なの？

――もし、これも嘉津乃の好感度をさらに上げるための策略だとしたら……。あざとい。あざとすぎる。

けど……。嘉津乃の松花堂弁当を食べている人たちは、満足そうに笑っている。

そして、弘明社長は、女将のいない場所で生き生きと社員たちを仕切っている。

それだけは疑いようがない事実だ。

その数時間後、連絡橋の安全が確認され、利用客たちは空港から解放された。

フロアを後にする人々が弘明社長に握手を求めたり、嘉津乃の料理人たちにお辞儀をしたり、手を振ったりしている。皆、満足そうな顔で。

なんだかじんわり胸が温かくなる。

——こんなことは山王丸にしかできないのかもしれない。

初めて誇らしい気持ちになった。彼の部下として働いていることが。けど、あと少しで私はここを去る。謝罪会見をコーディネートするというワクワクするような経験を思い出に変えて。

少し寂しかった。それなのに……。

「なんだとーッ！」

私を被災地の炊き出しボランティアで感動させた翌日、またもや事務所の天井にクライアントの怒号が響く。

「お、おまえ、今、何つった？　もういっぺん言ってみろ！」

「だから何度も申し上げているように、あなたの会社が開発する和菓子には全く魅力がないんですよ。野暮ったくて古臭くて斬新さの欠片もない。これでよく百三十年も続いてきたものだと感心します。奇跡です。ああ、強いて言えば、立地がいい。周囲には舌の肥えた富裕層が住んでいないこと、そしてライバルとなるような菓子屋が出店しようとするような場所ではないことが、生き永らえてきた理由でしょう。これが青山や世田谷だったら秒殺で消えていた」

ガチャン！　湯呑みが割れる音で私はストップウォッチを止める。

「帰る！　二度と来るか、こんなトコ！」

皆さん、そうおっしゃいます、と私は心の中で呟く。

「新記録だな。向かいに座って一分でキレた」

山王丸はさも可笑しそうに笑っている。

——これって、どうなの？　人として。

山王丸への尊敬と軽蔑の間で心が揺れ動く。


その後、経営相談の客が途切れ、私がいれたコーヒーを満足そうに飲んでいる山王丸にどこかから電話がかかった。そして、通話を終えた山王丸が私の方へやってきて言い放った。


「篠原光希。出向期間延長だ」

どうやら電話の相手はジャングル興業の荒田社長だったようだ。多分、わずか二ヵ月の労働では門田ちゃんの謝罪会見をやった時のコンサル料には届かなかったのだろう。そして、社長は私を山王丸に売ったのだ。

「何だ。嬉しくないのか？　おまえが大好きな謝罪コンサルの仕事が続けられるんだぞ?」

図星だった。が、何も答えられなかった。

確かに謝罪コーディネートの仕事は面白い。クライアントに感謝された時の達成感は最高だ。けど、私はこんな金の亡者の下で働き続けて大丈夫なんだろうか……。

もはや不安しかなかった。

この作品は書き下ろしです。

〈著者紹介〉
保坂祐希（ほさか・ゆうき）
2018年、『リコール』（ポプラ社）でデビュー。『黒いサカナ』（ポプラ社）など、社会への鋭い視点と柔らかなタッチを兼ね備えた、社会派エンターテインメントミステリーを執筆。本作では、真正面からのエンターテインメント小説に挑戦。

大変《たいへん》、申《もう》し訳《わけ》ありませんでした

2021年7月15日　第1刷発行　　定価はカバーに表示してあります

著者……………………保坂祐希《ほさかゆうき》

発行者……………………鈴木章一
発行所……………………株式会社 講談社
〒112-8001 東京都文京区音羽2-12-21
編集03-5395-3510
販売03-5395-5817
業務03-5395-3615

本文データ制作…………講談社デジタル製作
印刷……………………豊国印刷株式会社
製本……………………株式会社国宝社
カバー印刷………………株式会社新藤慶昌堂
装丁フォーマット………ムシカゴグラフィクス
本文フォーマット………next door design

ISBN978-4-06-524189-9　N.D.C.913　328p　15cm

講談社
タイガ

脅迫屋シリーズ

藤石波矢

今からあなたを脅迫します

イラスト
スカイエマ

「今から君を脅迫する」。きっかけは一本の動画。「脅迫屋」と名乗るふざけた覆面男は、元カレを人質に取った、命が惜しければ身代金を払えという。ちょっと待って、私、恋人なんていたことないんですけど……!?　誘拐事件から繋がる振り込め詐欺騒動に巻き込まれた私は、気づけばテロ事件の渦中へと追い込まれ——。人違いからはじまる、陽気で愉快な脅迫だらけの日々の幕が開く。

講談社タイガ

脅迫屋シリーズ

藤石波矢

今からあなたを脅迫します

透明な殺人者

イラスト

スカイエマ

「三分間だけ、付き合って？」。目の前に置かれたのは、砂時計。怪しいナンパ師・スナオと私は、公園の植え込みから生えた自転車の謎を追ううちに、闇金業者と対決することに。ところが、悪党は不可解な事故死を遂げ、その現場で目撃された謎の男は——って、これ、脅迫屋の千川《せんかわ》さんだ！　殺しはしないはずの悪人・脅迫屋の凶行を止めようとする私の前で、彼はさらなる殺人を⁉

講談社
タイガ

阿津川辰海

紅蓮館の殺人

イラスト
緒賀岳志

山中に隠棲《いんせい》した文豪に会うため、高校の合宿をぬけ出した僕と友人の葛城《かつらぎ》は、落雷による山火事に遭遇。救助を待つうち、館に住むつばさと仲良くなる。だが翌朝、吊《つ》り天井で圧死した彼女が発見された。これは事故か、殺人か。葛城は真相を推理しようとするが、住人と他の避難者は脱出を優先するべきだと語り——。

タイムリミットは35時間。生存と真実、選ぶべきはどっちだ。

講談社タイガ

阿津川辰海

蒼海館の殺人

イラスト
緒賀岳志

学校に来なくなった「名探偵」の葛城《かつらぎ》に会うため、僕はY村の青《あお》海館《みかん》を訪れた。政治家の父と学者の母、弁護士にモデル。名士ばかりの葛城の家族に明るく歓待され夜を迎えるが、激しい雨が降り続くなか、連続殺人の幕が上がる。刻々とせまる洪水、増える死体、過去に囚われたままの名探偵、それでも──夜は明ける。

新鋭の最高到達地点はここに、精美《せいび》にして極上の本格ミステリ。